十一岁之后

【美】贝芙莉·克莱瑞 著
施霁涵 译

Henry and The Paper Route

晨光出版社

图书在版编目（CIP）数据

十一岁之后 /（美）贝芙莉·克莱瑞著；施霁涵译
. -- 昆明：晨光出版社，2024.1
（国际文学大师书系）
ISBN 978-7-5715-2138-7

Ⅰ.①十… Ⅱ.①贝… ②施… Ⅲ.①儿童小说 – 中篇小说 – 美国 – 现代 Ⅳ.①I712.84

中国国家版本馆CIP数据核字(2023)第222922号

HENRY AND THE PAPER ROUTE by Beverly Cleary
Copyright © 1957, renewed 1985 by Beverly Cleary
Simplified Chinese translation copyright © 2024
by Aurora Publishing House
Published by arrangement with HarperCollins Children's Books, a division of
HarperCollins Publishers through Bardon-Chinese Media Agency
ALL RIGHTS RESERVED

著作权合同登记号：图字：23-2019-108号

十一岁之后
SHIYISUI ZHIHOU

【美】贝芙莉·克莱瑞 著
施霁涵 译

出 版 人	杨旭恒		
策 划	黄楠 萌莹	排 版	云南安书文化传播有限公司
责任编辑	沈伯杭	印 装	昆明业成印务有限公司
装帧设计	唐剑 陈蒙	经 销	各地新华书店
责任校对	杨小彤	版 次	2024年1月第1版
责任印制	廖颖坤	印 次	2024年1月第1次印刷
出版发行	晨光出版社	书 号	ISBN 978-7-5715-2138-7
地 址	昆明市环城西路609号新闻出版大楼	开 本	145mm×210mm 32开
邮 编	650034	印 张	6.5
电 话	0871-64186745（发行部）	字 数	100千
	0871-64186270（发行部）	定 价	29.00元

晨光图书专营店：http://cgts.tmall.com

序言

在和我的小读者们一样大的时候,我读书总是跳过序言,因为等不及要进入故事,好读个痛快。读完以后,如果喜欢那个故事,我就会回过头去,读一读在开始就该读的序言部分。如果我不喜欢那个故事,它的序言也自然弃之不读了,因为不管作者要在里面说什么,我都不感兴趣了。而现在的我,却在给这本书写序言。这本书是我第一次正儿八经尝试创作的产物，那些在学校里写的作文自然不算在内。小读者们若不想读，就跳过去吧。不过，若现在不读，我还是希望你们在看完故事之后，能回头来看看这个序言。

关于这本书，我能告诉你们什么呢？首先，回想写这本书的时候，我自己都没想到能把它写完。虽然我很小的时候就梦想能写些东西，但苦于想法混沌不清，自然不知该从何写起。我想过写一个小姑娘的故事，毕竟我自己也曾经是个小姑娘，作家不就是应该写自己了解的事情嘛。

时光荏苒，一晃我就三十出头了。少时的写作梦已经做了很长时间，动笔的那一天终于到了。我曾于繁忙的冬季在书店工作，我的任务就是推销一本和小狗有关的故事书。那只小狗会说话："汪汪，我喜欢绿草。"我想，哪有小狗会这么说话，反正我自己从没见过。我知道我有能力写一本更精彩的故事书。

我坐在一张旧餐桌前，餐桌放在一个空空荡荡的房间里。这个房间原本是一个卧室。我一直坐着，坐着，想构思一个小姑娘的故事，却又想不出只言片语。我看着鸟儿在桉树上叽叽喳喳地歌唱，我把猫从笼子里放出来，又把它关进去。我胡乱地写了几行和一个小姑娘有关的句子，简直痛苦极了。后来我想明白了，连自己都读不下去的故事，别人又怎么会爱读呢？似乎在整个孩提时代，我要么在读图书馆里借来的书，要么就在织擦拭杯盘用的抹布。我是不是已经忘了该如何写故事了？未必！我坐着想啊想，突然想到了一群来给我帮忙的小男孩。那个时候我还是一个儿童图书馆的管理员，图书馆在华盛顿州的亚基马县。这些不爱读书的小男孩活泼好动，他们是附近圣约瑟夫学校的老师派来帮忙的，任务是找一些他们喜欢的书。他们两两一组排着队，镇定地齐步走进图书馆，一直走到通向地下儿童阅览室的楼梯口，随即队形大乱，跳叫嬉闹起来。我的任务就是找些他们可能爱看的书，而他们则要回去读这些书，第二个星期回来向我汇报读书心得。

事后证明，这件事比我想象的困难得多。图书馆书架上的书，他们爱读的极少。终于，其中一个孩子憋不住了，他问道："我们小朋友爱看的书在哪儿呢？"其他孩子听了之后也频频点头表示认同。是啊，孩子们爱读的书到底在哪儿呢？事实是，一本都没有。我使出浑身解数，找到了几本和狗有关的故事书。如果故事里的狗没在最后死掉的话，他们才会觉得这故事还凑合。对了，我还找到几本和熊有关的书。

认识这帮男孩十年之后，我坐下来开始打字。那时我创作欲正盛，梦想着有一天能当个作家。我脑袋里琢磨着那帮男孩，还加上所有我认识的男孩，他们来自普通家庭，通常住在老旧的街区，屋前有草坪，还有两旁种满树木的街道。这些男孩没有经历过惊心动魄的冒险，但并不妨碍他们寻找属于自己的乐趣。

　　灵感来了。我不去构思什么女孩的故事了，就写一个男孩的故事吧。这个男孩的名字就叫亨利·哈金斯，一个萦绕在我脑海里很久的名字。亨利会有一只狗，那种在城里随处可见的土狗。这是因为，我们读过的故事里的狗，一般都是那种在乡间生活的名贵狗。我的创作灵感源自一个真实的故事。一位处于两难境地的母亲向我描述了一个让她颇感苦恼的事情，她的两个孩子想要坐有轨电车时把一只流浪狗带回家。我随后就体会到了根据自己的喜好对真实故事进行改编的乐趣，两个孩子变成一个孩子，有轨电车变成公共汽车……我还发现，我不知道如何"写"故事，但我知道如何"讲"故事。我想象着我在给以前亚基马县的小听众们讲故事,边讲边写下来。我认为,要为小读者们创作,归根到底就是把一个精彩的故事给讲出来。

怀着愉快的心情,我把写好的一个小故事寄给了一位出版商。据说这位出版商非常喜欢简单易读的东西。书稿虽已寄出,但我发现亨利仍然在我脑海里挥之不去。我的大脑就像一个装满了各种想法的垃圾袋。这些想法是从一堆各式各样的想法里挑出来的,有的是自己的回忆,有的是从他人那里听说的趣事,有的是报纸文章里的故事,还有的是无意间听到的一段对话,总之是我周围世界里发生的事情。如此种种,一切的一切,全都在拨动我想象的琴弦。

寄出的书稿很快就寄回来了。让我没想到的是,一同寄回的还有一封信。那封信鼓励我继续往下写,把故事寄给杂志社,最后把它们组织成一个篇幅完整的小说。说得对啊！看来我比自己想得更出色啊，可我对杂志并无兴趣。因此我静下心来，以一周写一章的速度，一连写了五个关于亨利的故事。这一次我是用纯手写的方式完成的，因为我不喜欢用打字的方式，这个习惯到现在依然如故。写着写着我竟然把一个男孩的故事写完了，除了最后一章还有不满意之处，故事情节都已完成。对此我自己也颇感意外。接下来我加班加点，敲出文稿，并把书稿邮寄给了少儿出版社，因为在书店工作的人都知道，编辑伊丽莎白·汉密尔顿在业界颇具声望，她以眼光独到著称。

这一次我非常急切地盼望着回信，连邮递员都好奇地问我，到底在等什么。每次询问邮递员，他都摇头表示没有我的信。直到六个星期之后，他终于绕过我的邮箱，手里挥舞着一个信封直奔我的家门而来。有我的信！我的稿件没有被退回，是编辑给我写的回信。

伊丽莎白·汉密尔顿在信里说他们对我的书稿很感兴趣,问我能否考虑对最后一章做些修改。我当然愿意喽。事后证明,所做的修改也很微不足道。即便是最后一章,在听取了伊丽莎白专业的建议之后,所有问题也都很快解决了。待我将书稿寄回之后,伊丽莎白回信告诉我,书稿已被接受,并说亨利的故事将会成为那个秋季最令人期待的图书。以此信为起点,我的很多书稿后来都顺利出版了,我也成为——用小读者们在那之后五十年里最常用的词来说——一个真正长盛不衰的作家。

贝芙莉·克莱瑞

Beverly Cleary

目录

第一章　四只小奶猫　001

第二章　买一送一　033

第三章　报纸里的小广告　075

第四章　废纸回收大赛　103

第五章　新邻居墨菲　134

第六章　雷梦拉占据上风　161

第一章
四只小奶猫

一个星期五的下午,亨利·哈金斯在他家位于克利基塔特街白色房子门前的台阶上坐着,他的狗小排骨则趴在他的脚边。亨利正忙着把一个旧高尔夫球的外壳弄开,想看看里面到底装了什么。这并不是一项十分有趣的工作,但是它可以让亨利在想出一件更有趣的事情之前,手头能有点儿事情忙活。终于,亨利想到了,他真正想做的是一件不同以往的事情,至于怎么不同以往,亨利还没有

想好。

"嗨，亨利。"就在他努力扒拉高尔夫球外壳的时候，一个女孩的声音传了过来。是贝亚特丽斯，又或者叫比苏斯，因为这里的人都喜欢这么叫她。像往常一样，她的妹妹雷梦拉跟在身后。雷梦拉在人行道上蹦蹦跳跳地跟在姐姐后面。当比苏斯走到一棵树跟前，雷梦拉走进树荫里，然后又猛地跳了出来。

"嗨，比苏斯，"亨利满怀希望地回应说。对一个女孩来说，比苏斯还算是鬼点子挺多的，也挺善于想一些有趣的点子和事情来做。"你们在干什么？"这两个女孩走到他家门口的时候，亨利问道。他看见比苏斯手里拿着一团红线。

"我们去商店里帮妈妈买点儿东西。"比苏斯的双手在那团红线上面忙个不停。

十一岁之后

"我的意思是你手里拿着什么?"亨利又问。

"我在用线轴织东西。拿一个线轴,把四颗钉子钉进去,然后拿一些纱线和一个钩针——就像这样,看见了吗?"说完,比苏斯把那一团线从线轴的钉子上提起来,向亨利展示她的作品。

"可你这织的是什么东西啊?"亨利说。

国际文学大师书系

"一条针织物。"比苏斯说完,对着亨利举起她的作品——一条针织的红色尾巴从线轴上的小孔垂下来。

"可是它是用来干什么的呢?"亨利又问道。

"我不知道,"比苏斯承认道,但是她的手指还是动个不停,"但是这做起来很有趣。"

这时,雷梦拉躲进一根电线杆的阴影里,然后又跳了出来,飞快地往身后看了一眼。

"她干吗老那样?"亨利一边好奇地问道,一边从那只高尔夫球上撕下很大一块外壳,他距离里面的内芯已经越来越近了。

"她想摆脱自己的影子,"比苏斯解释说,"我反复跟她说这不可能,但她还是要试,因为早些时候妈妈给她念了一首诗,诗里说:'我有一个跟着我蹦蹦跳跳的影子,但是除了被我看见,它还有什么作用呢?'于是雷梦拉就不想再被自己的影子跟着了。"说完,比苏斯转过头对她妹妹说:"快点儿,雷梦拉,妈妈说了,不要磨磨蹭

蹭的。"

"天啊!"亨利在两姐妹离开以后低声说,为什么女孩子总喜欢做这些毫无意义的事情——比如织一条不知道可以干什么的红尾巴,或是想要摆脱自己的影子?随后,亨利低下头,看到自己手里已经被撕得破破烂烂的高尔夫球,他突然意识到自己正在做的事情似乎也没有什么特别的意义,于是亨利厌弃地把手上的高尔夫球扔进了路边的草丛。

小排骨从亨利脚边站起身来,开始察看那只高尔夫球。随后,它用牙齿把高尔夫球叼了起来,跑到停车道的尽头,再把球放下,看它沿着倾斜的车道滚到了人行道上。就在高尔夫球快要滚到街上的时候,小排骨飞快地跑了过去,用嘴把球捡起来,又跑回到车道尽头,把球放了下来。

亨利看着小排骨玩着那只高尔夫球,突然意识到,这个下午,每个人,包括他的狗,都在忙着

做一些没有任何意义的事。然而亨利想做有意义的事，重要的事，就像……就像……好吧，亨利一时还想不出来是什么具体的事情，但那必须是一件"重要"的事情。

"嗨，亨利！"伴随着这个声音，一捆折叠的报纸落在了亨利前面的草地上。

"噢，嗨，斯库特。"亨利很高兴有人和自己说说话，即便这个人是斯库特·麦卡锡。

斯库特在格伦伍德学校念七年级，而亨利才念五年级，所以每当斯库特遇到亨利，他就会很自然地觉得自己高人一等。亨利看着斯库特骑在自行车上，一只脚踩在街沿，肩上斜挎着装报纸的帆布包。亨利想着，要是能骑着自行车一边往左右两边扔报纸一边挣钱，那可真是太好了。

"对了，亨利，"斯库特说，"卡珀先生有一条送报路线需要找一个送报男孩，你知道的，这一带所有的报童都归他管，你有没有碰巧认识什么人愿意送报呢？"

"当然有了，"亨利激动地说，"我就愿意啊。"瞧瞧什么叫"送上门的机会"！这一次，机会是结结实实地撞上亨利的门了。送报纸是一件重要的事，而亨利也立刻意识到，骑自行车送报纸正

是他想做的事。毕竟，这件事很有意义。

斯库特若有所思地看着亨利。亨利等着他的嘲讽，就像通常亨利嘲讽他那样。但是这一次，斯库特让亨利吃惊了。他没有嘲笑亨利，而是认真地对亨利说："不行，我觉得你做不了。"

要是他说的是："你去送报纸？哈哈！别逗了！"亨利可能还会觉得好受一点儿，因为那样的话，亨利就会知道斯库特只不过是像他惯常那样说话罢了。然而当斯库特说"不行，我觉得你做不了"的时候，亨利就知道，斯库特是认真的。

"为什么我不能去送报纸？"亨利不服气地说，"我能扔得和你一样准。"

"这个嘛，首先，你不够年纪，"斯库特解释说，"你要年满十一岁才能去送报纸。"

"我马上就满十一岁了，"亨利说，"再过几个月我就要过十一岁的生日了。事实上，还不用再过几个月，我现在感觉自己已经十一岁了。如果你能送报纸的话，我觉得我也能送。"

"没错,但是你还没满十一岁。"斯库特无情地指出。说完,他从帆布包里又掏出一份报纸,踩着自行车走了。

亨利看着斯库特前进的背影:只见他很有经验地一甩,那份报纸就稳稳地落在了前面一户人家的门廊前。斯库特是真的认为亨利不能独自去送报纸,并且他不是在开玩笑。

亨利不由得陷入了沉思。他会向斯库特证明,自己是能送报纸的。也许斯库特的确比他老练,并且已经有了一条自己负责的送报路线,但是亨利会想办法赶上他的。他会走到卡珀先生位于诺特街上的家里去,向卡珀先生要一条属于自己的送报路线。卡珀先生家屋前种着马栗树,每到秋天会有很多男生用掉落在地上的马栗打野仗。然后他会表现得像大人一般成熟稳重,以至于卡珀先生都想不起来要问他的年纪。即便他问起,亨利也会告诉他自己马上就十一岁了。假如卡珀先生在到处找人来替他送报纸的话,那他一定很缺人手。天哪,这样想

来,亨利感觉这份工作就像已经属于自己了。而当他有了自己的送报路线以后,再加上他即将到十一岁了,亨利马上就会和斯库特没什么差别了。

不过就在这时,亨利突然又意识到,除了斯库特,卡珀先生或许也问了其他送报男孩,是否认识有愿意送报的小男生。看来,赶在别的男生之前赶到卡珀先生家拜访是个好主意。于是,亨利冲回家,狠狠地洗了洗手,连手腕都洗干净了,然后拿起一把梳子梳了梳头,从床头的衣架上抓过外套套在身上,同时庆幸妈妈此刻在外面买东西,否则他还得停下来说服她同意自己去送报纸。现在,他可以等自己拿到那条送报路线再来说服妈妈也不迟。

亨利把那条非常不成熟稳重的浣熊尾巴从自行车车把上取下来后,把自己的自行车从车库里推了出来。但是,就在他沿着车道往前滑行的时候,小排骨突然不知道从哪儿蹿了出来,开始追着他跑。

"快回去!"亨利命令它说。

小排骨在路边坐了下来,但是它的尾巴一直在

地上拍来拍去,渴求地看着亨利。

"好狗狗。"亨利说,然后开始沿着克利基塔特街往下骑,但是小排骨还是跟着他一路飞奔而来。

亨利听见小排骨身上的狗牌叮当作响,只好又回过头去对它说:"我不是叫你回家吗?"

小排骨看上去非常受伤。它以前一直喜欢跟在亨利身后东跑西跑,所以不能理解自己现在为什么不能再跟着亨利了。亨利见状,只好叹了口气说:"抱歉,老伙计。"然后他掉头往回骑。骑到家以后,亨利从自行车上跳了下来,然后牵着小排骨的项圈走上了大门口的台阶。"我不是不想带你去,但是今天这事儿非常重要,我不能在应聘工作的时候屁股后面还跟着一条狗吧?"说完,他把小排骨推进了大门后,匆匆跑下了楼梯。亨利没有往回看,因为他知道,小排骨一定会把前爪趴在窗沿上盯着他。

亨利拉起了夹克的拉链,好让自己看起来更加

国际文学大师书系

整洁,然后用手抹了抹头发,就当是梳过头了。毕竟,一个男孩在去应聘工作的时候应该看上去风光体面,即便他已经非常确信那份工作是他的了——只要他及时赶去应聘。

在去卡珀先生家的路上,亨利一边骑车一边模仿大人的模样。只见他一手扶着车把,另一只手揣在裤兜里,把那里面的硬币拨弄得叮当作响。亨利还在车背上坐得笔直,好让自己看起来更高一点儿,同时想着待会儿要对卡珀先生说点儿什么。

"您好!"亨利对着一根电线杆彬彬有礼地说,"我叫亨利·哈金斯,我听说您想找一个送报纸的男孩?"不,这感觉不对。于是亨利从自行车上跳了下来,开始对着另一个邮箱说:"下午好,我叫亨利·哈金斯,我听说您想找人帮你送报纸?"嗯,这样似乎比刚才好点儿。

然后,亨利又开始对着他脑子里想象出来的一帮男生说:"抱歉,"他用简洁而公事公办的

口吻说道,"我现在不能和你们打球,我得去我的送报路线送报纸了。"是的,这就是他在拜访过卡珀先生以后会说的话。"我的送报路线!"亨利又对自己说了一遍,光是说这个句子都让他感觉快乐无比。

就在他骑车穿过商业区的时候,亨利从玫瑰城理发店和佩勒斯药店的玻璃橱窗里瞄了一眼自己的形象,他对自己的形象非常满意。亨利·哈金斯看起来很商务。想到这儿,亨利甚至开始觉得自己都不用告诉卡珀先生他是为何而来。卡珀先生只要一看到他就会立刻意识到,这是一个可以为他送报纸的男孩。

当卡珀先生一开门,他就会问亨利:"年轻人,你想要一份工作吗?"说不定,卡珀先生还会强力说服他接受这份工作,而亨利只需要说:"好的,先生,我很乐意做这份工作。"亨利仿佛已经看见自己在街上一边骑车,一边左右开弓地往两边的房子扔报纸。而从车上跳下来,在某户人家门口

的花丛里摸来摸去，找被扔错地方的报纸这种事绝对不会在他身上发生——绝对不会发生在亨利·哈金斯身上。

等送报纸赚了钱后，亨利还可以用这笔钱买他想买的任何东西！比如他想收集的邮票、一支电筒，噢不，两支电筒，一支放在自行车上，一支放在他的房间里。说不定，他还可以买一个那天在运动用品店里看见的睡袋，这样他就可以邀请他的朋友罗伯特来他家院子里过夜了。要知道，在一个有拉链的真正的睡袋里睡觉可比他妈妈用曲别针别起来的旧毯子有趣多了。

就在这时，亨利来到了一处空地，此时那里正在开展慈善义卖活动。对于慈善义卖，亨利可是熟悉得不能再熟悉了，因为他的妈妈去年就帮忙组织了一场这样的义卖：某个俱乐部里的女士们会把自己橱柜、地下室、阁楼以及车库里的所有旧物收集在一起，然后请几个男士用货车把它们都拉到一处

 国际文学大师书系

空地，在木架上依次摆开。当这些旧物（垃圾）以非常低廉的价格卖出后，她们会用这笔钱去买一台电视机，捐赠给一所医院。

亨利很喜欢老物件，所以他对妈妈在义卖当中扮演组织者的角色感到很开心，但是当他看到那些旧盘子、旧灯罩和婴儿车被拖去义卖时，亨利又感到很难过，尤其是当他看到一对旧洗衣盆被拿走的时候，因为亨利相信这对洗衣盆总有一天会派上什么用场，虽然具体是什么用场，亨利现在还不知道。只是，妈妈对此已经坚决地表过态，不允许亨利把这对洗衣盆放在他自己的房间，放在车库也不行。

虽然亨利急着赶路，但是他还是自然而然地停下来看看这块空地上举行的慈善义卖跟他妈妈组织的孰高孰低。亨利把自行车停放在一根电线杆旁，然后走进人群当中。

只见一排排旧衣服挂在场地的一个角落，附

近则是家具区：老式的冰箱、三条腿的椅子、弹簧冒出来的沙发，诸如此类。另外还有各式各样、杂七杂八的小物件也都摆放在桌子上。亨利在心中暗自思忖，这些东西都还算是不错的垃圾。随后，他在一台旧电扇前面停下了脚步。对于一个男孩子来说，一台旧电扇可以有很多用途，尤其是在它还能够运转的情况下。虽然它具体可以做什么，亨利一时还想不清楚，但是他能肯定，它一定有很多用途。

"请问这台电扇多少钱？"亨利向桌子后面的那位女士问道。

"二十五美分。"女士回答。

可是亨利的问题在于，他不能背着电扇去卡珀先生家申请工作，因为那将让他看上去不够职业。

"我可以先付钱，半个小时后回来取吗？"

"我很抱歉，这场义卖五点半就要结束了，"那位女士告诉亨利说，"到时候一个收垃圾的人会过来把所有没卖掉的东西收走。"

"噢。"亨利对此很是失望。那好吧，一份送报纸的工作的确远比一台旧电扇重要多了，再说了，等他有了自己的送报路线，只要他想要，亨利都可以买一台新的电扇了。

就在亨利打算离开的时候，他的视线扫过了一个纸箱子，而纸箱里的东西让他大吃了一惊：那是四只小猫咪，其中一只小猫黑白相间，一只小灰猫有着白色的爪子，还有两只小猫是黄白条纹的，它们挤在箱子的一角睡觉。真是几个可怜的小东西，它们看上去是那么弱小无助，这当中一定是有什么误会，毕竟小猫咪哪是什么垃圾？

"这些小猫不是拿来卖的，是吗？"亨利向站在附近的一位女士打听道。

"是拿来卖的，"那位女士高兴地回答，"一只十五美分，都是非常可爱的小猫咪，它们的祖母还是一只长毛猫呢。"

亨利对于这个回答非常不高兴。人们根本就不应该把小猫咪当作废品来卖,仿佛它们是什么旧茶壶之类的物件似的。"如果五点半之前没有人把它们买走,那个收垃圾的人会把它们带走吗?"亨利紧张地问道。亨利非常在意这些小猫,以至于他都忘了自己要着急赶路。有那么一小会儿,亨利甚至都忘了自己想要一条送报路线。

"噢,不会的,"那位女士回答说,"我觉得到时应该会有人来把它们扔到池塘里去。"她说这话让人感觉这些猫咪仿佛不值一提似的。

这时,那只黑白相间的小奶牛猫在纸箱里动了动,然后眨了眨灰蓝色的眼睛。亨利忍不住用手摸了摸它那毛茸茸的小脑袋。小奶牛猫打了个哈欠,露出了自己小小的粉嫩的舌头,然后又爬到了另外三只小猫的身上,把身体蜷成一个球,继续睡觉。

亨利难以接受地说:"我觉得您不应该让它们被扔进池塘里。"

"我也不想啊,"女士回答,"要不这样吧,

反正义卖也快要结束了,我就把它们便宜卖给你,从一只十五美分降到一只五美分,怎么样?"

五美分一只的小猫咪!这可真便宜啊。亨利一边用手指轻轻地抚摸那只小奶牛猫,一边在心里暗

自思量。如果他把这四只小猫都买下来，那它们就不会被扔进池塘里了，而那比价钱划不划算更加重要。当然，亨利的妈妈肯定不会允许他把这四只小猫都留在家里的，但是要为另外几只找到领养家庭应该也不难。

这时，亨利突然想起了送报路线的事。他总不能在去卡珀先生家申请一条属于自己的送报路线的时候还带着一箱小猫咪吧？那可比带着一台电扇去更加不职业。并且亨利已经下定了决心，什么都不能阻止他拿到属于自己的送报路线，即便是小猫咪也不行。

"那个……要不还是算了吧，"亨利对那位女士说，"不过它们的确都很可爱。"

这时，那只黑白相间的小奶牛猫又往另外三只小猫当中挤了挤。"不，不行，"亨利在心里说，"我不能这样做，我不能买下它们，即便只要五美

国际文学大师书系

分一只,我的送报路线才是最重要的。"

这时,那只小黄猫在梦中叫了一声。"它好像有点儿被压到了。"亨利对那位女士说,然后小心翼翼地把那团小小的毛球从另外几只小猫身下抓了出来。现在过去的每一分钟都让亨利愈发难以抽身。他一边在裤袋里用手指摩挲着那里面的钱,一边想着自己能不能把这几只小猫放在路上的什么地方,然后等他从卡珀先生那里回来了再把它们带走。但是不行,万一它们被狗发现了怎么办?它们还太小了,还都不会爬树。总会有什么法子来救救它们吧?

亨利绞尽脑汁地想着。对了,用他的外套!这再合适不过了。这款便衣外套很宽大,也很透气,腰部还有一圈松紧带。亨利可以把那四只小猫塞进外套里面,然后拉上拉链,这样就没有人能看得出来了。

"我四只全要了。"亨利飞快地从口袋里掏出20美分,然后把那四只小猫一只一只地轻轻拎起来,塞进了自己的外套里面。最后,他拉上了外套的拉链。或许他看起来腰部有一点儿臃肿,但是没有人会知道他衣服里藏了几只小猫。

这时,亨利突然意识到时间已经不早了,于是他骑上自行车,飞快地朝着卡珀先生家骑去,同时还要努力避免让自己衣服里面的小猫咪晃来晃去。他刚才在义卖集市逗留太久了,终于来到卡珀先生家,亨利把自行车停靠在一棵橡树旁,用手捋了捋自己的头发,然后直起身,努力想要找到年满十一岁的感觉。突然,他感觉口干舌燥。"下午好,卡珀先生,"他压低声音,自言自语地说,"我叫亨利·哈金斯。"然后他走上了门口的台阶,按响了门铃。就在他等候开门的时候,亨利感到自己的心脏在剧烈地跳动。

门开了,亨利发现自己对面站着的不是卡珀先生,而是他的女儿。亨利认识她,她已经念高中

了,几乎算是个大人。

"那个……卡珀先生在家吗?"亨利局促地问这个女孩,而她正把一只手前后甩来甩去,好让她刚涂的红色指甲油干得快一点儿。

"你等一下。"女孩冲着屋里喊了一声:"爸爸!有个男孩找你!"说完,她仍旧站在门口,朝着自己的红色指甲油吹气,完全忽视了亨利的存在,仿佛他的年纪小到不用在意。

亨利站得更直了。不一会儿,一个高高瘦瘦、头发灰白的男人就出现在了门口。他穿着一条溅满了油漆的连体裤,正用一块脏兮兮的抹布擦手,然后把抹布塞进了裤子的后口袋里。

"你好啊,"卡珀先生神情愉悦地说,"你有什么事吗?"

"下午好,卡珀先生。"亨利用他自认为最商务化的口吻回答说,同时也努力让自己看起来已经年满十一岁,"我叫……"亨利说到这里,突然停

住了。他感觉到自己的外套里面有什么东西在动，"我叫……"他又从头开始，可是又一次停了下来。这时，一条身型巨大的警犬从房子后面的什么地方冒了出来，走过来站在了卡珀先生旁边，卡珀先生拍了拍警犬的脑袋，等着亨利继续。

亨利打量了一下那条警犬，那条警犬也上下打量着亨利。亨利这时本来就已经很干的嘴唇顿时感觉更加干燥了，跟棉布条似的，而他的外套里面又有什么东西动了一下。"我叫亨利·哈金斯。"终于，亨利把自己的名字说完整了，然后大喘了一口气。他觉得自己的名字在被大声说出来以后听起来怪怪的——仿佛那是另外一个人的名字。有那么一瞬间，亨利有一种奇怪的感觉，说不定他真的不是亨利·哈金斯。

"你好啊！"卡珀先生看上去对亨利此次拜访的意图感到困惑。

"你也好啊！"亨利说，可是不对，不应该这

样回答！他的本意不是这样的，而现在，所有的情况都乱了套了。

卡珀先生的女儿笑出了声，亨利顿时觉得自己脸上开始发烫了，并且也完全不觉得自己现在有任何的"商务范儿"。他把自己外套的拉链往下拉了几厘米，那只警犬立刻走上前来，对着亨利闻个不停，它还竖起了耳朵，对亨利露出了警惕的表情。

"别乱动，梅杰！"卡珀先生对它厉声喝道。

梅杰叫了起来，牙齿又白又长，它看上去非常激动。

亨利的外套又有了动静，并且开始上下起伏。亨利不再感觉自己已经年满十一岁了，甚至不再觉得自己已年满十岁。当他外套里的一只小猫咪把自己小小的尖爪子刺进了亨利的皮肤里，亨利皱了下眉。

"汪！"梅杰又叫了起来。

卡珀先生一把抓住了梅杰的项圈，把它拉了回去。那些小奶猫开始在亨利的外套里面挤来挤去，

亨利能感觉到有一只小奶猫正顺着他的脊背抓着他的T恤往上爬,而它那尖利的小爪子透过T恤刺在皮肤上,让亨利忍不住扭动了起来。他把手叉在腰上,想要把另外几只小猫压制下来。

卡珀先生看上去既困惑又想笑,梅杰则努力地想要冲到亨利身边来。"你的外套里面到底是什么啊,小朋友?"卡珀先生友善地问道。

"呃……"亨利一边提防着那只大狗,一边隔着衣服对趴在他两块肩胛骨中间的那只小猫用手不停地戳着。这时,另外一只小奶猫也沿着他的T恤从正面爬了上来。亨利还没来得及回答卡珀先生的问题,那只小猫就把它的小脑袋从亨利的外套里探了出来,冲着卡珀先生奶声奶气地"喵"了一声,以此来宣布自己的存在。卡珀先生笑了,他的女儿更是爆发出一阵大笑。

亨利又把那只小猫匆匆塞回自己的外套里,可它不一会儿又冒了出来。亨利又把它塞了回去,然后把拉链拉到了顶。"只不过是我在义卖中淘到的

一些小猫咪。"他解释说，虽然他的外套仍然在起起伏伏。

卡珀先生的女儿觉得眼前这一幕非常、非常好笑，可亨利完全不知道有什么可笑的。那些小猫变得越来越活跃，而在那只大狗的严密注视之下，亨利也想不出接下来该说些什么。他真希望自己可以转身跑走，但是他知道自己不能那样做。卡珀先生一定想知道他为什么会来到他家门前，还在外套里装满了小猫咪。

"汪！"梅杰又激动地叫了一声。

亨利很快便决定了，既然卡珀先生已经知道了是什么让他的外套如此诡异地起起伏伏，那么现在最好的做法就是尽可能地忽视掉那几只小猫和那只大狗，然后尽快地结束这次拜访。"卡珀先生，您能让我接管那条送报路线吗？"亨利脱口而出，可是他马上就后悔了。他原本不是打算这么跟卡珀先生申请这份工作的。

"是这样的，亨利，"卡珀先生和蔼地说，

有那么一会儿，亨利都感觉到了希望，"等你再长一两岁的时候，你再来找我，跟我说申请送报路线的事。"

可亨利仍然不想放弃。"卡珀先生，我知道在我这个年纪里我不算长得高的，但是我会骑自行车，扔报纸扔得也准……我还会一些别的。"

"负责一条送报路线要做的事可比会骑自行车和扔报纸多得多了，"卡珀先生说，"你还要会管钱，以及确保不管在什么天气状况下，每份报纸都会被放在征订人的阳台上、信箱里以及任何他们想要你放的地方。负责一条送报路线要做的事可比大多数人以为的要复杂多了。"

"哎哟！"亨利忍不住叫了起来，他把手伸进外套，把那只小猫的爪子从他的T恤上拉开，"我的意思是，我肯定我能做到您刚才说的所有那些事情，卡珀先生。"

"我也相信你能做到，不过是在一两年以

后。"卡珀先生回答。

他的脸上带着和蔼的微笑,但是亨利知道他不会再改变主意了。"那么……好吧,仍然非常感谢。"亨利弱弱地说。说完,他转过身,开始走下楼梯。

"也谢谢你,专门跑来找我,"卡珀先生说,"别忘了我刚才说的,过一两年再来找我。"

"汪!"梅杰又叫了起来。

过一两年……亨利一边走下楼梯,一边在心里想着,难道卡珀先生不知道一两年就约等于永远吗?

就在卡珀先生把大门关上之前,亨利听见他的女儿感叹说:"天哪,爸爸,你这辈子见过这么搞笑的场面吗?你能想象有人会把小猫藏在外套里面吗?我刚才感觉自己都快笑死了!"

的确,我还能再不专业一点儿吗?亨利在骑车回家的路上愤懑地想。没有一件事情是按照他的设想发展的,他出门的时候是想得到一条送报路线,

国际文学大师书系

而他回家的时候又得到了什么了?小奶猫,还是四只。亨利开始担心妈妈在知道他带回了四只小奶猫以后会说什么,小排骨又会做何反应呢?

"你就不能安静一分钟吗?"亨利对一只已经沿着T恤爬到领口的小奶猫说,它还将自己毛茸茸的小脑袋伸到了亨利的下巴下面。

哎,随便吧,亨利想着,不论怎样他都要想办法拿到一条属于自己的送报路线,他才不会等到一两年以后。虽然他还不知道自己要怎么做,但是他已经下定了决心。

第二章
买一送一

当亨利带着整整一外套的小猫回到家的时候,已经坐在门廊等着他的小排骨殷切地站了起来,一边热烈地摇着尾巴,一边围着亨利闻个不停。突然,小排骨停了下来,显然它闻到了什么奇怪的味道。只见它的耳朵"嗖"地立了起来,对着亨利的外套充满怀疑地搜索了起来。

"没事的,小排骨,"亨利说,"麻烦你在

外面等一会儿,等我把事情都处理好了再进来。"亨利知道自己没办法把四只小猫都留下来,但是说服爸爸妈妈让他留下一只总归是没问题的吧。于是亨利打开了房子的前门,冲着里面喊道:"嘿,妈妈!嘿,爸爸!你们在吗?猜我带回来了什么?"

"我猜不到,"哈金斯太太说,"你这次又带了什么东西回来?"

"几只小猫咪,"亨利大声说,努力想让自己听起来非常快乐的样子,仿佛他知道他的爸爸妈妈在得知这个消息后会非常开心。

"小猫咪!"哈金斯太太叫了起来,"噢,亨利,你怎么能带几只小猫回来!"

"可是它们都是非常可爱的小猫。"亨利着急地补充道。说完,他拉开外套的拉链,从里面掏出了一只"样品"——那只黑白相间的小奶牛猫,然后小心翼翼地把它放在了地毯上。小奶牛猫战战兢兢地朝四周看了看，"喵"地叫了一声。随后，亨利又从外套里把它的兄弟姐妹都掏了出来，放在了地毯上。这些小猫在亨利看来都非常可爱，细细的尾巴都倔强地竖着，就像一个个感叹号。

而小排骨在门外，前爪趴在窗台上密切地注视着亨利的每个动作。当它看见四只小猫以后，小排骨焦急地呜咽了起来，并且用一只爪子不停地刨着窗户。

"安静，小排骨。"亨利命令说。

小排骨发出了急促而尖厉的叫声，这表示它一点都不喜欢眼下正在发生的事情。

有那么一分钟左右的时间，亨利的父母都没有说话。他们只是看着地上的几只小猫咪，而它们已经开始在这个陌生的房间里四处探索了。终于，哈金斯太太说话了："亨利，我不知道你是怎么想出带四只猫咪回来这样的事情，你这多半是随

你爸。"

"他这么做才不是随我,好吗?"哈金斯先生反驳说,"我们家没有谁往家里带回过四只猫咪。"

小排骨一边在窗外猛烈地吠叫,一边焦灼地走来走去,仿佛在说:"让我进来,我可以帮你们把这些小家伙处理掉,快让我进来!"就在这时,邻居家的狗似乎也对小排骨的反应产生了兴趣,开始跟着它吠了起来。

"我说了'安静'!"亨利冲着窗外大喊了一声,同时将一只小猫咪从地毯上提了起来。

"哎哟!"哈金斯太太叫了起来,把一只小猫咪的小爪子从她的袜子上拿了下来,"行吧,我这双尼龙袜算是报废了。"

小排骨在窗玻璃上胡乱地抓着,又急促地叫了几声,努力想让亨利明白它多么急切地想要进屋帮他摆脱这些小猫咪。

"安静!"屋里的三个人终于同时发出了指令。

"好吧，事情是这样的，爸爸，"亨利向爸爸妈妈解释了他是如何在义卖中发现这些小猫的。不过，他没有提他去申请送报路线的事，以及他为何会碰巧出现在那个义卖活动中。从他爸爸妈妈脸上的表情来看，亨利觉察到这四只小猫会是一个问题，而他此时的精力只够他全力应付一个问题。

"所以，你也不能把这四只小猫还回去了，是这个意思吗？"哈金斯先生一边总结说，一边从自己的裤管上拿下一只小猫。

"是的。"亨利承认道。

"可是，亨利，"哈金斯太太说，"你养不了四只小猫的。"

"不是养不了四只小猫，"哈金斯先生接过了话头，"是一只都养不了。养一只狗就够折腾了——又是跳蚤又是泥爪子。再说了，小排骨也接受不了这些小猫。明天一早，你就去把这四只小猫拿到宠物店里，送给潘尼卡夫先生。"

"什么？不！"亨利抗议说，他对于把自己的小猫送给陌生人这个想法完全不能接受。他看了看在房间里四处乱爬的四只小猫，不由得叹了口气。如果他不能自己养活这四只小猫的话，那么他也想确保它们被送给好人家。比起卖给宠物店，亨利宁愿把它们卖给自己的邻居——当然也要是他最友好的邻居才能买。

"我可以自己把它们拿去卖给小区的邻居吗？"亨利问道。

"如果你愿意的话，那也行，但是无论如何都要把它们送走。"哈金斯先生回答，"你知道的，小奶猫说到底只有一个问题。"

"什么问题？"亨利说。

"问题就是它们会长成大猫。"哈金斯先生说完，嘿嘿一笑。

哈金斯先生自认为这句话很好笑，但是亨利却

国际文学大师书系

一点儿都不觉得好笑。小猫咪当然会长成大猫，小狗也会长成大狗，就像小男生会长成警察或飞行员一样，但是那需要很长一段时间。

亨利觉得眼下只有一个对自己有利的情况，那就是第二天早上才需要把这些小猫拿去宠物店，而说不定从现在到第二天早上的这段时间里会有什么事情发生，使得他的爸爸妈妈改变主意呢。说不定，小排骨会和这些小猫咪成为朋友，而他的爸爸妈妈也会发现家里有几只小猫咪是一件多么美妙的事情。

那天晚上，亨利过得相当忙碌。他决定先给小猫们喂食，然后找个地方把它们藏起来，再给小排骨喂食。

给猫咪们喂食倒是容易，可是想把它们藏起来可没那么容易。亨利往火炉旁边的一只纸箱里铺了一条旧毛巾，然后把小猫们都放了进去，可是它们一转眼又都爬了出来，在厨房的地板上爬来爬去。

"嘿，你们都给我回来！"亨利对小奶猫们说，而小排骨则来到了屋子的后面，冲着后门又挠又叫。克利基塔特街上所有的狗都跟着它叫了起来。

"别叫了！"亨利冲着厨房的窗外大声说。

这时，正在做肉汤的哈金斯太太走了进来，不小心踩到了一只小猫咪。被踩到的小猫咪叫了起来，哈金斯太太吓了一大跳，手里的勺子也掉了下去，肉汤溅了一地。不过，她倒不用再去把洒在地上的肉汤擦干净，因为那些小猫已经爬过去舔了起来。

"看，它们多有用。"亨利指出说。
"我知道这里只有四只猫咪，但是它们给人的

感觉却像是十几只!"哈金斯太太感叹道。

小排骨又叫了起来。它是在向整个街区宣告,它被主人关在后阳台,又饿又恼,无人照看。

"我来了,小排骨。"亨利一边说着,一边把小猫捞起来放进了纸盒里。这个纸箱没有盖子,于是亨利往上面盖了一张报纸。说不定里面变暗之后,那些小猫就会睡觉呢。然后,亨利匆匆地为小排骨准备好了晚饭,再打开后门。也许饱餐一顿后,小排骨会对这些小猫变得友好一点儿呢。

小排骨一溜小跑蹿了进来,爪子在地板上刨得噼啪作响,然后径直跑向了自己的食盆,开始大口地吞食自己的狗粮。这时,盖在纸箱子上的报纸动了动,一只黑色的小爪子从里面探了出来,接下来又探出一个黑色的小鼻子和几根白色的胡须,只见那只小奶牛猫从盒子里钻了出来,后面还跟着它的三个兄弟姐妹。它们在地上跌跌撞撞地朝着小排骨的食盆爬了过去，然后开始吃里面的东西，仿佛小排骨压根儿就不存在一样。

　　小排骨当然不会就这样让它们得逞。只听见它从喉咙深处发出低吼，然后更加努力地吃了起来。那些小猫并不在意小排骨的低吼，它们弓起身体，发出嘶嘶的声音，全身的毛都竖了起来，尾巴的形状也从感叹号变成了毛刷。

　　为了避免再惹出什么麻烦，亨利立刻把这几只正在示威的猫咪抓了起来，并且努力不让它们再跑下去。然而小猫咪们不停地挣扎，它们小小的利爪像针尖一样刺穿了他的T恤。"嘿！"亨利抗议道，小排骨在旁边大口吞食着自己的狗粮，连咀嚼都省了。

　　这时，那只小奶牛猫从亨利的手臂里跳了下来，直奔小排骨的食盆而去。小排骨又低吼了起

来，而那只小猫咪伸出爪子，毫不犹豫地朝着小排骨的鼻尖挥了一爪。

小排骨吃惊地叫了一声，往后退了几步，发出怒吼，表示它真的生气了，然后朝小奶牛猫扑了过去。亨利眼疾手快地在它扑到小奶猫之前把它抓了起来，但与此同时，另外三只小猫却纷纷从他臂弯里逃了出去，跳到了地上。

三只小猫同时出现,小排骨有点儿招架不住。它激烈地吠叫着,仿佛同时想往三个不同的方向冲刺。

"小排骨!"亨利朝着它大喊,同时努力再救一两只小猫。

"开饭啦!"哈金斯太太冲着乱成一团的厨房喊道。

亨利把那只小奶牛猫放在了地上,一把抓住了小排骨的项圈,拖着它穿过厨房,来到了地下室的门口,把它推了进去。"你别嚷嚷了,听见没?"亨利板着脸说,"你这样的话我怎么可能留下一只小猫咪?"说完,亨利关上了地下室的大门,但是在关门之前,他还是把地下室的灯打开了,好让小排骨不用待在黑暗里。房子里终于安静了。

 国际文学大师书系

"总算消停了。"亨利在餐桌旁坐下时,哈金斯太太说。

小排骨呜咽起来,然后开始吠叫,最后演变成了号叫。它的声音从哈金斯一家的脚底传了上来,既大声又可怜。同时,厨房里传来那些小猫在灶台上扒拉的声音。

哈金斯夫妇沉默了,亨利也沉默了。这倒霉的小排骨把一切都毁了,亨利恼怒地想。

这时,厨房里传来了一只奶瓶掉进了水槽的声音。有那么一会儿,小排骨也安静了,但是很快又叫了起来,并且比之前叫得更加低沉。一阵阵长啸从地板下面传了上来,似乎在哀号:小排骨是这个世界上最不快乐的狗。

这顿难挨的晚餐终于快要结束的时候,电话铃声响了。"是的……噢,不是不是,格鲁比先生,"亨利听见他妈妈在电话里对着他家隔壁的邻居格鲁比先生说,"没有,小排骨没有生病,他就是喜欢那么叫唤。"

"那就这样吧。"哈金斯太太挂了电话后,亨利的爸爸开口了:"我们不能任由小排骨这样打扰邻居们。亨利,你把它放出来吧,它知道自己在客厅里有一个专属的角落,只是这一次,它得长点儿心了。"

"那好吧。"亨利心怀狐疑地说,然后打开了地下室的大门。小排骨沿着楼梯飞奔了上来,然后冲着亨利疯狂地摇着尾巴,似乎是在向他示意说,虽然亨利把它锁在地下室,但它已经决定原谅他了。

 国际文学大师书系

"坐下，"亨利对它说，"回你自己的角落去。"亨利知道，趁眼下他妈妈正在洗碗的时候把几只猫咪从她脚底下带走是个好主意，于是亨利把它们都抓了出来，带到了客厅。然而这几只小猫咪在看见小排骨后，即刻决定要搞清楚这个家伙。只听一声低吼，小排骨站了起来，来到亨利脚边。

"小排骨，待在自己的角落里别动。"哈金斯先生命令道。

小排骨随即趴下，把下巴放在爪子上，牢牢地盯着那几只无所顾忌的小猫咪。亨利则一会儿忙着把那几只小猫咪从窗帘上抓下来，一会儿又忙着让它们离小排骨远一点儿。每次小排骨想要起身的时候，亨利都会命令它坐回去。很显然，小排骨并不喜欢自己的房子里面出现任何猫咪。

也许小排骨已经太老了，很难再去适应几只

小猫。亨利心里这样想着,但他还是认为自己把猫咪带回来是一个好主意,即便最后不成功,他也不后悔自己救下了这几只小猫咪,尽管它们带来了不少的麻烦。只不过,现在他必须得想出一些方法来让卡珀先生相信,他是接管那条送报路线的绝佳人选。

那天晚上,小奶牛猫尤其闹腾,另外三只倒是一只接一只地蜷起身体睡觉,只有那只小奶牛猫老是拱起身子在地毯上跳来跳去,还专门喜欢扑向哈金斯先生的脚踝。

"走开,走开。"正想要看报纸的哈金斯先生冲它喊道。

可那只小奶牛猫迅速地爬到了他的大腿上,还试探性地把小鼻子伸到了报纸下面。哈金斯先生把它的爪子从自己的睡裤上拿了起来,把它轻轻

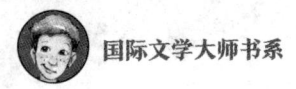

放到地上。小奶牛猫又朝着小排骨跑了两步,开始好奇地看着它。小排骨则用祈求的眼神看着亨利,仿佛在说:"求求你了,让我来给它点儿颜色看看吧。"然而亨利只是板着脸看着它,小排骨便放弃了。它仍然警惕地盯着小奶牛猫,但是没有再叫了。

这一次,小奶牛猫从小排骨身边飞快地跑过,离它更近了,然后又跑回到了亨利爸爸身边。这一次,它沿着椅子腿爬上去,并且在哈金斯先生大腿上用小爪子好奇地拍了拍他手里的报纸。

"嘿,你这个闹腾的小家伙是怎么回事。"哈金斯先生再一次把小奶牛猫放在地上,"你可别再过来了啊。"

然而小奶牛猫却认为这样很好玩。它踉踉跄跄地朝着小排骨冲了过去,然后用爪子轻轻地拍

了拍小排骨的鼻子和爪子。亨利则站在旁边，随时准备着把它从小排骨的爪子底下救出来。小排骨只是朝着小奶牛猫瞪了瞪眼，于是小奶牛猫很快对它失去了兴趣。它又爬上了哈金斯先生的椅子，拍了拍他的耳朵，然后直接跳进了哈金斯先生的怀里，"喵"地叫了一声，仿佛是在说："我在这儿呢，你看看我呀。"

"唉，我服了你了，真是只闹腾的小猫，你就叫小闹闹吧。"哈金斯先生说，"随便你吧，你想干吗就干吗，反正我们说什么你也不会听。"而小闹闹就开始像一台小引擎那样呼噜呼噜地打起鼾来，然后又开始用两只小爪子在哈金斯先生腿上不停地踩动。它又仔仔细细地洗了洗自己的小脸、耳朵、后背和每根趾头。

整栋房子似乎都变得安静了，于是亨利重新开始思考送报路线的问题。可是，在他思考如何申请

那条送报路线的时候,亨利发现自己忍不住会去想那几只小猫咪,而当他思考如何处置那几只小猫咪的时候,又忍不住去想要怎样才能拿下那条送报路线。这真是令人苦恼。忽然,亨利有了一个绝妙的想法,他知道自己应该怎么做了,那就是——把这两个问题放在一起解决!他会在街区里兜售报纸,而每当有人订阅,他就会免费向那个人赠送一只小

猫咪。他还会想出一套推销话术,就像一个真正的商务人士那样。当他整理好了那些愿意为了收养小猫而订阅报纸的人的名单,亨利就会把这份名单拿给卡珀先生,而卡珀先生一定会非常开心,说不定还会马上让亨利接管那条送报路线呢!

"妈妈,那种因为一个附赠的东西而买下一件商品的情况应该怎么说啊?"亨利问,因为他想不起来自己上门去推销的时候应该用哪个词,"你知道的——就像那种因为想要一把玩具枪而买下一盒麦片的情况。"

哈金斯太太笑了,说:"你想说的这个词是不是'买一送一'?"

"没错,就是这个,谢谢妈妈。"就是买一送一!亨利会把这些小猫咪作为赠品送给那些找他订阅报纸的人!他等不及要开始了。那天晚上接下来的时间里,亨利的脑子里都回响着他在电视上听到过的一些话语,比如"绝对不要钱""不需要您承

担任何的费用和责任"等等。

第二天一早,亨利找了一个大小正好的纸盒子来装小猫咪,然后走进厨房去拿他的"赠品",因为那里是"赠品"们在整个家里最喜欢的地方。小排骨的食盆和冰箱也都在厨房。亨利心想,这些小猫咪也是蛮聪明的,还知道食物都储存在冰箱里。

"谢天谢地!"哈金斯太太在亨利抓住了最后一只小猫咪并把它放进了盒子里后感叹道。

亨利用透明胶带把几张用来包面包的玻璃纸粘在一起,然后把它绷在了纸盒子的上面,再在上面戳几个洞。这样一来,人们就可以透过玻璃纸看到这些他打算赠送的小猫咪有多么可爱了。最后,亨利往屁股兜里塞了一个笔记本和一支笔,就开始出发去寻找他的报纸征订者,以及为他的"赠品"找新家了。小排骨虽然非常不满,但还是被留在了家里。

亨利经常看见斯库特在他家附近的街区送报纸,所以他很清楚哪些邻居订了报纸,哪些没有。

他的第一个潜在客户，亨利选择了距离自己家只有两家之隔的普朗梅尔太太家。

"早上好啊，普朗梅尔太太！"当她开门之后，亨利用自己最为成熟的声音说。

"你好啊，亨利！"普朗梅尔太太一边回答，一边将手上的面粉掸掉，"你最近怎么样啊？"

"挺好的。"亨利回答。说完，他端着那个盖着玻璃纸的盒子又往前挪了一点儿，然后开始推销。

"我的天哪，亨利，"普朗梅尔太太在亨利还没来得及开口就接过了话头，"我希望你不是想送我一只小猫咪。如果说世界上有什么东西是我先生接受不了的，那就是一只猫了。而且你知道的，小猫咪的问题就在于它们长大以后会变成大猫。"

"呃……不是的，"尴尬之下，亨利想要给自己一点儿时间来思考。"我的意思是，没错，它们的确会长成大猫——我想说的是，其实我想问您是否想要订阅《日报》。至于这些猫咪……我只不

过……只不过是碰巧拿在手里罢了。"说完,亨利意识到这样似乎也不是推销一份报纸的好办法,于是又连忙补充说,"《日报》是一份非常好的报纸,我爸爸每天都读它。"

"不用了,亨利,"普朗梅尔太太说,"我们家订阅一份报纸就够了,而我们已经订阅《俄勒冈州报》很久了,我敢肯定普朗梅尔先生每天早上喝咖啡的时候都离不开它。"

"哦,那好吧,"亨利失落地说,然后从楼梯上退了下去。在他去往下一户人家的路上,亨利还不得不停下来重新整理了一下罩在盒子上面的玻璃纸,因为小闹闹那不安分的小爪子把它弄松了。

第二次按响门铃的时候,为了一个好的开场,亨利下定决心要在他的客户开始说话前就抢先开口。"早上好啊,"一位女士一开门,亨利就迫不及待地对她说,"今天我给您带来了一份特别的优惠,那就是假如您订阅一份报纸,我就绝对免费赠

送一只小猫咪给您。"说完,亨利得意地拍了拍纸盒,自己刚才像一个真正的商务人士那样完整地说出了"绝对免费"几个字。

然而那位女士却对亨利露出了那种大人式的假笑,让亨利觉得仿佛他的一切都非常好笑,而她又努力掩饰这一点。"可是我并不需要一只小猫咪,"她说,"我可以只订阅报纸,不要小猫咪吗?"

亨利并没有预料到会有这种情况出现。"这个嘛……应该可以吧,"他说,"但是它们都是很可爱的小猫咪,很好玩而且很适合家养——大多数时候都很适合,而且……"亨利还想再列举出几个小猫咪的优点,但是那位女士脸上被逗乐的表情让他感觉到了尴尬。"它们不需要你支付任何费用。"亨利最终怯声说。

 国际文学大师书系

"订一份报纸要多少钱?"女士问他。

亨利感觉自己的耳朵有点儿发烫。他忙于考虑怎么处理小猫咪的事了,以至于都忘了要去了解一下订一份报纸多少钱。"我——我不知道,"亨利结结巴巴地说,"但是假如你愿意要一只小猫的话,我一定会给您优惠。"

"不,我不想要一只小猫,"女士坚持说,她看上去似乎马上就要笑出来的样子,"但是如果你能告诉我这份报纸的价格,我有可能会订一份报纸。"

"我——我会去帮您打听的,"亨利结结巴巴地回答,然后转身走了。他觉得自己很傻,连自己要卖的报纸的价格都不知道。要是换作一个卖牙刷的不知道自己的牙刷多少钱一支,亨利肯定会嘲笑他,于是亨利决定了,起码就目前来说,他决定不再推销订阅报纸了,而是专心为小猫咪找到收养它

十一岁之后

们的家庭，每只收费二十五美分。

随后，亨利来到街的另一边，挨家挨户地按响了门铃，开始推销起他的猫咪。不巧的是，其中一位女士对猫毛过敏，另一户人家已经养了狗，还有一户人家就是不喜欢猫。亨利只好把他的要价降到了十五美分。

接下来，亨利遇到了一位家里已经有猫的女士，而她的猫最近也刚下了五只小猫崽，并且她很乐意再给亨利一只。在另一户人家，一个男生说他家里已经养了一只仓鼠，如果再养一只猫的话，那只仓鼠就不安全了。亨利把自己的小猫咪的价格又降到了十美分，然后开始思考中午吃什么。

到了下一户人家，一个小女孩说她想要一只黄色的小猫咪，但是当她向妈妈索要十美分的时候，她的妈妈却不允许她养猫。再后来，亨利还遇到了一位女士说她和丈夫每周末都会去山里度假,所以当他们走了以后,家里就没有人喂猫。终于,饿着肚子的亨利决定将这些猫咪免费送人。

在接下来的一户人家,庞弗里家,亨利发现屋主正在清理车库。"早上好啊,庞弗里先生,我有一些非常可爱的猫咪,"亨利飞快地说,"我打算将它们绝对免费地送给别人,只要有人愿意收养它们。"

"哦,是吗?"庞弗里先生放下了手中的扫帚回应道。

亨利觉得他看上去似乎对小猫非常感兴趣的样子,于是连忙继续推销——或者勉强称之为推销,毕竟他是在免费赠送。"这些小猫都非常可爱,虽然有些捣乱,但是如果你家里有耗子,它们说不定还可以帮你抓耗子呢。"亨利飞快地说,"而且它

们是完全免费的,不需要支付任何费用。"

"非常有趣。"庞弗里先生说着低下头来透过玻璃纸观察盒子里的小猫。

"它们的祖母是一只长毛猫。"亨利补充说,他非常确信这一次起码可以为一只小猫找到新主人。很显然,他马上就要转运了。在庞弗里先生选好了要哪只猫后,亨利就可以回家吃午饭,下午再为别的小猫找新主人。想到这里,亨利不由得揭开了纸盒上的玻璃纸,抓起一只小猫,说:"您看,它们多么健康!"

庞弗里先生笑了。亨利感觉备受鼓舞,于是继续说道:"它的皮毛光滑又闪亮,还很干净,这些小猫都很喜欢洗澡。"可以说,亨利现在很像是一个正儿八经的推销员了,一点儿都不差。

"它们的确看上去健康又干净。"庞弗里先生同意道,亨利不由得露出了一个大大的微笑。终于有一只小猫找到自己的新家了!说不定庞弗里先生还会想要两只呢。

"没错,它们是非常活泼健康的小猫咪,"庞弗里先生说,"我知道这一点,是因为它们就是我送去义卖的。"

庞弗里先生的这番话让亨利过了好一会儿才反应过来。"是你送去……"亨利脸上的笑容消失了,一同消失的还有他为小猫找到新家的希望。

"是的,"庞弗里先生说,"因为我们全家要搬到华盛顿州沃拉沃拉市去,所以只能把这些小猫咪处理掉。我们会把这些小猫的妈妈带走,带一只猫就够我们路上折腾了。小猫咪有多调皮,你是知道的——"

"是的。"亨利飞快地说,他现在的确已经知道它们有多调皮了,并且已经有好几个人都对他这么说了。

"总之,小猫长大了就会成为大猫,"庞弗里先生又说,"但是,我很高兴你在努力为它们找新家。我们之前都没时间像你这样到处去问,因为我们有太多东西需要收拾,还有太多地下室和阁楼里的垃圾需要清理。"

亨利勉强挤出一个微笑,说:"那好吧,无论如何还是谢谢您。"

"祝你好运!"庞弗里先生衷心地说。

我猜,这事儿就只能这样了吧,亨利想着,情况现在已经很清楚了,人们都不喜欢小猫,他累了,饿了,还非常失望。在他看来,如今只剩下一件事可以做，那就是把这些小猫送去宠物店，但愿潘尼卡夫先生会收留它们。假如说他不愿意的话……亨利不敢设想那以后会发生的事。潘尼卡夫先生一定会收留它们的，一定！亨利拖着疲惫的步子开始往宠物店的方向走，但事实上，他感觉自己这辈子都不愿意再按响别人家的门铃了。

"嗨，亨利！"亨利正走着，斯库特骑着自行车在他旁边停了下来。

"你这个盒子里装的是什么？"

"小猫咪，"亨利说，同时决定要再努力推销一把，"如果你能帮它们当中的一只找到新家，我就可以给你二十五美分。"

"不，不用了。"斯库特说，然后骑着车走了。

亨利没有感到很失望，因为他并不指望斯库特真的会带走一只小猫。毕竟，斯库特有自己的送报路线，并不需要挣这二十五美分。

"你好啊，亨利，"当他一走进宠物店，潘尼卡夫先生便跟他打了个招呼，"是不是又要为小排骨买一些马肉了？"

"今天不是。"亨利扯掉了纸盒上盖着的玻璃纸，回答道，"我在想您这里收不收小猫咪？"

潘尼卡夫先生把盒子里的小猫咪一只一只地抓出来检查了一番，亨利则在旁边紧张地看着。"我可以收下它们，但是我不会付你钱。"终于，潘尼卡夫先生在检查完毕之后说，"来我这儿买猫的人并不多，而且在把它们卖出去之前，我还要花钱喂养它们。"

"没关系,不用付我钱,"亨利趁潘尼卡夫先生还没改变主意飞快地回答。

潘尼卡夫先生把那几只小猫咪放在了前窗台的一些碎报纸上,亨利站在那里,看着它们开始探索起自己的临时家园。小闹闹率先发现了一根裹着毯子的柱子,于是它跑到那根柱子旁边去磨它的小爪子。

"你会帮这几只小猫咪找到好人家的,对吗?"亨利紧张地问。

"别担心,"潘尼卡夫先生笑着说,"每只小猫我都会收费一美元,因为我知道,凡是愿意为一只小猫花费一美元的人一定会善待它们的。"

"嗯,那好吧,潘尼卡夫先生,"亨利最后一次摸了摸小闹闹。他尤其希望这一只小猫能找到好

的人家,最好是能给它不断提供奶酪和猫薄荷玩具鼠。终于,亨利感觉有一副重担从自己身上卸了下来,于是飞也似的往回跑。回到家后,亨利发现自己的午餐就放在厨房的餐桌上。

十一岁之后

饥肠辘辘的亨利抓起桌上的金枪鱼三明治,坐下来狠狠地咬了一口,然后若有所思地嚼了起来。亨利突然发现,这间房子里没有了小猫咪之后显得空荡荡的,而他尤其想念小闹闹。刚才在桌边坐下来的时候,亨利还暗暗期待着它会跳到自己的脚踝上呢。

甚至连小排骨都在怀念着什么。只见它在厨房里嗅来嗅去,然后充满疑惑地看着亨利。"你这只老狗,"亨利没好气地说,"为什么你就不能对那些小猫咪好点儿呢?"

这时,哈金斯先生从后院里进来了,亨利便把自己都做了些什么告诉了他。"你知道吗?"哈金斯先生对亨利若有所思地说,"我还有点儿想小闹闹呢,它不在家里感觉似乎少了点儿什么东西。"说完,哈金斯先生从口袋里掏出钱包,然后从里面抽出来一美元,递给了亨利。

"爸爸！"亨利叫了起来，一把抓住了那一美元，"可是妈妈会怎么说呢？"

"我不知道，"哈金斯先生承认说，"但是前两天你不在的时候，她的确说过家里有可能会进耗子。"

"噢，天哪！"亨利几口喝完自己的牛奶。没有时间浪费了，说不定有人正打算从潘尼卡夫先生那里把小闹闹买走呢。"可是小排骨怎么办呢？"亨利又忍不住问，"它肯定会不高兴的。"

"那我们只能训练它离小闹闹远点儿，"哈金斯先生说，"那肯定不是件容易的事儿，但是慢慢来，我们能教会它的。"说完，他又从口袋里掏出几张零钱，递给亨利说："你在去的路上顺便买一只猫薄荷玩具鼠。"

亨利几乎是一路猛踩自行车脚踏板骑到宠物店的，他大口喘着气。好在他一到宠物店，就看见小闹闹正安静地趴在窗台上睡觉，几分钟过后，亨利就已经把小闹闹塞进了自己的夹克衫里，骑上自行车往回走了，并且他还没忘记买上一只猫薄荷玩具鼠放在自己的口袋里。亨利终于有自己的小猫咪了！

但是就在亨利沿着克里基塔特街往回骑的时候，他心里还在担心一件事，那就是小排骨。一直以来，它在家里都是我行我素惯了的，要让它接纳一个新的家庭成员可能还是一件难事。说不定，它还会因为太难过而离家出走呢，毕竟有的狗就会做出那样的事情。无论如何，亨利都不能让小排骨那样做。他下定决心，对小排骨要格外好，比如多给它点儿肉吃，给它挠挠耳朵后面，甚至说服妈妈让小排骨睡在他的床脚而不是地下室。亨利越想越觉

 国际文学大师书系

得对不起小排骨,要让小排骨接纳一个新家庭成员真的不是一件容易的事,亨利只能尽量去努力。

亨利到家后,已经没有刚才买下小闹闹的时候那么兴奋了。他把自行车停在了车库里,走上了后院的台阶,而小排骨正趴在那里等他。"嗨,老伙计,"亨利温柔地说,随后挠了挠小排骨左耳后。小排骨摇着尾巴跟着亨利走了进去。亨利在厨房里拉开了外套的拉链,把小闹闹从里面抓了出来。"稳住,小伙子,"亨利对小排骨说,"别激动,没事的。"说完,亨利把小闹闹放在距离小排骨足够远的地方,并且保证在小排骨冲到小闹闹身边之前把它抱起来。

然而让亨利吃惊的是,小排骨并没有朝着小猫低吼。亨利一边盯着小闹闹,一边摸了摸小排骨,以防小排骨觉得自己受到了冷落。然而小排骨并没有理会亨利,而是急促而欢快地吠了一声,同时剧

烈地摇着尾巴，朝着小闹闹一溜小跑过去了。但是小闹闹并没有回应小排骨，而是弓起了背，尾巴上的毛像杯刷那样炸开。亨利在一旁观察，小排骨对着小闹闹闻了起来。小闹闹一动不动地坚守着自己的地盘。让亨利感觉既惊讶又神奇的是，小排骨在小闹闹旁边的地板上躺了下来，然后开始用它那长长的粉红色舌头舔了舔小闹闹。最有趣的是，小闹闹似乎对小排骨的舌头一点儿都不抗拒。

"哈哈,你是怎么回事?"看着小闹闹的毛变得越来越湿,亨利叫了起来,"所以你喜欢小闹闹!"

小排骨停了下来,看着亨利,尾巴也在地板上甩来甩去,然后又继续用它那长长的红舌头去舔小闹闹了。

第三章
报纸里的小广告

亨利越是想要做点儿什么重要的事,就越想要一条属于自己的送报路线。每天下午放学以后,亨利都会骑着自行车从卡珀先生位于诺特街上的车库门口缓缓经过,因为报社的卡车就是在那里把一捆一捆的报纸卸下来,然后再由一帮男生送到订了报纸的人家门口。亨利听着那些男孩一边把成捆的报纸解开、点数、折叠,还一边有说有笑,心里就像被猫抓一样,疯狂地想要成为他们当中的一员。

一个星期二的下午,放学后,斯库特拉住了亨

利的自行车,对他说:"嘿,亨利,我今天下午想去游泳馆游泳,但是我必须找个人帮我叠报纸,不知道你有没有兴趣?"

"你说的是真的吗,斯库特?"亨利迫不及待地问,虽然他自己其实也正准备去游泳馆游泳,"你的所有报纸都要找人帮你叠?"

"当然,"斯库特把上面印着"读报吧"的帆布包从他的自行车后座上取下来,递给了亨利,"叠好以后只要把它们放进这个包里,然后把包留在卡珀先生的车库里,我游完泳就会去把它们送掉。"

那个下午,亨利非常确信,他距离拥有一条属于自己的送报路线更近了一步,因为没有人叠报纸比他叠得更好了,并且正如亨利所希望的那样,卡珀先生也注意到了他。"斯库特去哪儿了?"他问道。

亨利向他解释了自己跟斯库特之间的安排，但是卡珀先生并没有再说什么，亨利感觉有一点儿失望。不过，他没有打消获得送报路线的念头，因为从那以后，他每周都会有一天趁斯库特去游泳的时候帮他叠报纸。一个星期二，斯库特来晚了，于是麦卡锡太太——也就是斯库特的妈妈开着车去替他送报纸。那个时候，亨利就暗自下定决心，那就是等有一天他有了自己的送报路线，他绝对不会让自己的妈妈来替自己送报——毕竟，他妈妈扔东西的架势是驾驭不了报纸的。

就在他为斯库特叠报纸的时候，亨利也认识了其他一些送报纸的男孩。虽然他现在还不是他们当中的一员，但是距离他们越来越近了，不是吗？"等我有了自己的送报路线"，亨利现在已经敢于把这话说出口了，"我就要存钱买一个真正的

睡袋",又或是"等我有了自己的送报路线,我敢打赌我能在五点半之前把报纸都送完"。不论是在家还是在学校,亨利都忍不住要说说他自己的送报路线。

一个星期二的早晨,亨利已经为斯库特叠了好几个星期的报纸,斯库特在去上学之前站在自行车架前面叫住了亨利。"嘿,亨利,"他说,"假如我让你今天放学后帮我送一次报纸,你觉得怎么样?"

亨利盯着斯库特看了好一会儿,以分辨他到底是不是在开玩笑。很显然,斯库特是认真的。亨利终于有机会可以真正自己送一次报纸了,而不是在自己叠好报纸以后目送其他男生去送报纸!他也终于有机会让卡珀先生对他刮目相看了!不过,亨利不想在斯库特面前表现得过于急切。"为什么呢?"他装作毫不在意地问,然后扣上自行车的

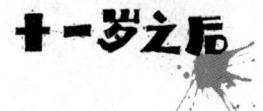

挂锁。

"如果我能找人帮我送一趟报纸,我就能留在游泳馆练习两个课时,而不是一个。"斯库特解释说。

亨利装作考虑了一番的样子。"好吧,我想我应该有时间。"他顿了顿说。

"那太好了,"斯库特回答,"这是我的路线图,你拿好。"说完,他从口袋里掏出一本皱巴巴的笔记本,"所有需要我送报的名字和地址都在这里了,还有他们希望我把报纸放在什么地方之类的备注,例如有的人希望我把报纸放在他们的阳台上,有的人则希望我把报纸放在车道旁边——总之就是这样的一些信息。"

"噢,好的,"亨利说,"我知道了。"他拿

 国际文学大师书系

过笔记本翻了翻,然后把它放进了裤子口袋。

"你必须在六点以前把所有的报纸都送完,"斯库特提醒他说,"如果你没有送完,那些人就会打电话来投诉,而那些投诉会算到我头上。如果我一整个月都没有任何投诉,我就能拿到几张免费的电影票。"

"我会把报纸按时送到的。"亨利向他保证。对亨利来说,那天接下来的时光过得非常漫长。拼读、算术、社会课——一堂又一堂,简直没完没了。

就连课间休息和午饭时间似乎都变长了。每隔几分钟,亨利就会用手摸一下裤兜,以确保那本珍贵的路线笔记本仍然在那里揣着。

然后那个下午,就在最后一堂课下课铃声响起之前,亨利的老师普林格尔小姐放下了手中的粉笔,转过身对着讲台下的同学们说:"孩子们,我

有一个事情要宣布。"

也许我们又要开家长会了吧,亨利心想,暗自希望铃声快点儿响起。

"我们学校将要举办一次废纸回收比赛,为学校礼堂大舞台的新幕布筹款,"普林格尔小姐继续说,"到下周六的时候,我们班的男生女生都要把自己收集到的废报纸和过期杂志带到操场上去,家长教师协会的成员将会在那里给每个人带来的废纸称重,而每个带来的废纸高达三十英寸[①]的同学都将得到一份奖品——但是要记住,你们要用绳子扎成捆!"

这时,坐在亨利对面的罗伯特举起了手。"奖品是什么?"他问道。

"每个收集到三十英寸高废纸的人都可以在学

---

① 英寸:英美制长度单位,1英寸合2.54厘米。

校礼堂里面观看一场电影,"普林格尔小姐停顿了一下,仿佛她接下来要说的话非常重要,"观看电影的时间会是在上课的时候。"

听到这个消息,整个班级都鼓起掌来,毕竟那可是一场在上课时间播放的电影啊!

这时,罗伯特又举起了手问:"如果我们班收集到的废纸比其他班的都多,那我们还会有什么奖励吗?"

普林格尔小姐笑了:"我们会获得六美元的奖金,可以想怎么花就怎么花。"

班里的每个人都认同六美元可以买到很多东西。普林格尔小姐建议买几盆绿植放在窗台上,还有人觉得买一大盆金鱼也是个不错的主意。有个男生提议再买几颗棒球,好在下课的时候打,但是女生却都不喜欢这个主意。不管怎样,讨论如何花赢得的这笔奖金让这个比赛更加有趣了。

国际文学大师书系

亨利当然希望自己的班级能赢得这场比赛,但是他转念一想,又觉得自己不想再挨家挨户地按响门铃,跟别人讨要废纸了——毕竟他挨家挨户去推销小猫咪的惨痛经历才刚过去不久。街区里的每个人都还记得,他就是那个抱着一纸盒小猫咪到处推销的人,即便他们不会当面嘲笑亨利,但他们看起来也是一副那么想的表情。不过说不定,明天他就能想出一个能拿到很多废纸的好办法,但是今天,亨利只想好好地叠报纸,然后去送报纸,而不去想任何和废纸回收大赛相关的事情。

下课铃声终于响了。亨利蹬上自己的自行车开始往家的方向骑去,这时他的朋友罗伯特追上了他,跟他并肩骑了起来。"你这就打算开始为废纸回收大赛做准备了吗?"罗伯特问。

"不是,起码今天晚上还不是,我没时间,因为我要帮斯库特送报纸。"亨利郑重其事地回答。

"真的假的?"罗伯特听上去吃了一惊。

"真的,"亨利说,"也许我明天才能开始准备废纸回收大赛。我真希望有什么办法可以不用挨家挨户敲门去问也可以收到很多废纸。"

"你可以打广告啊。"罗伯特半开玩笑地说。

"噢,那可不行,而且打广告要花很多钱的。"亨利回答,仿佛他在认真考虑罗伯特的建议。亨利当然没钱去报纸上的分类广告栏里刊登广告,但是总归有别的什么办法……

"嘿!"亨利突然叫了起来,"我知道了!"

"你知道了什么?"罗伯特问。

"我可以做广告的。"亨利大声宣告。

"可你刚才还说……"罗伯特忍不住指出说。

"别管那个,"亨利打断他说,"你就等着看好了。我得先走一步了,回见!"说完,亨利站起来猛踩自行车脚踏板,开始用最快的速度往家骑去。喝完一杯牛奶,又跟小排骨和小闹闹分享完两块饼干后,亨利在客厅书桌上的打字机前坐了下来,从抽屉里找出了一沓打印纸。然后,亨利把这厚厚的一沓纸都塞进了打字机里。

啪嗒，啪嗒，啪嗒，砰！打字机哐哐地工作着，亨利非常享受它发出来的声音，这让他觉得自己非常成熟、专业。啪嗒，啪嗒，啪嗒……亨利打字的速度不是很快，因为他需要时不时地停下来去寻找下一个字母。终于，亨利打完了，然后停下来读了一遍：

"为格林伍德小学的 fei 纸大赛 zheng 集旧报纸和杂志，本人可以上门收集、zheng 理和回收，请拨 7-4139，找亨利·哈金斯。"

亨利一开始就预料到自己会有几个字不会写，但是他没想到会有这么多。不过，任何读到这份小广告的人应该都能看懂他的意思，而且亨利相信自己下一次会做得更好。

很快，亨利又在打字机上按了起来。啪嗒，啪嗒，啪嗒。他瞄了一眼时钟，突然意识到自己如果要赶在去卡珀先生家里叠报纸之前把所有的小广告都打印好的话，他就得要加把劲儿了。当亨利把所有的打印纸用完的时候，他制作出来的小广告上已经没有什么错别字了。他把打印纸和复写纸从打字机里抽了出来，再把复写纸从打印纸当中抽掉，然后找出一把剪刀，匆匆地把那五张打印纸一裁为二。当他把所有的小广告都裁剪完后，亨利把它们都塞进了自己的衣服口袋。

　　小排骨本来想跟着亨利出门的，但是亨利把它赶了回去。"你就待在家里，"他命令说，"我可不想看见你在路上又跟别的狗打架。"

　　这一次，亨利来到卡珀先生家的车库后，不再感觉自己像个局外人了。"嗨！"他一边用简短而富有商务气息的口吻跟其他几个男孩子打了声招呼，一边把自己的自行车停靠在路边，然后找到了印着斯库特的路线编号的那一捆报纸。

　　"卡珀先生，您好，"他说，"我今天来为斯库特代班送报，因为他要在游泳馆上两节游泳

课。"说完,亨利快速地把那捆报纸数了一遍,以确保那里有五十三份报纸,然后从里面拿起一份,把自己的小广告塞了一张进去,再把它卷了起来。

"这是什么?"当亨利塞第二份小广告的时候,卡珀先生问道,然后捡起一张亨利的小广告读了起来。

亨利感觉非常不自在。他知道自己打出来的字有点儿奇奇怪怪,但是他希望卡珀先生不会嘲笑他。或许他的小广告本身就是一个很傻的主意,或许人们在看到它以后只会发出嘲笑。

卡珀先生笑了,然后说:"你可真是个机灵的广告人啊,不是吗?"

其他男生也都纷纷看了看亨利的小广告。"你的意思是你要把这些纸条塞进斯库特的报纸里?"一个叫作乔的八年级的送报男生说,"我敢打赌斯库特会生气的!"

"可是今天送报纸的人是我啊。"亨利辩解说。

"是没错,但是这条送报路线是斯库特的啊。"那个年纪大点儿的男生指出。

"好了,别吵了,"卡珀先生说,"我觉得斯库特对这事儿可能没什么发言权。如果他愿意让亨利帮他完成工作,那么他就不该反对亨利往他的报纸里塞小广告。"

"好吧,反正这么做也不一定管用。"乔不屑道。

亨利的希望突然一下破灭了。乔说的可能是对的,毕竟他已经读八年级了,对很多事情都比亨利懂得多。也许人们对他的小广告连看都不会看,又或许即便他们看了也只会嘲笑他,就像他之前捧着小猫咪为它们找新家那样。"又是那个亨利·哈金斯,"他们会说,"真不知道他怎么想出这么多傻点子的。"不过,现在想这些太迟了,亨利已经没时间再把小广告从已经卷好的报纸里拿出来了。

他迅速地把那些报纸放进帆布包里,然后把包斜挎在肩膀上。这个包比他想象中还要沉,让他骑

上自行车的动作有些许狼狈,但是亨利对此并不在意。毕竟,他马上就要出发去为一整条送报路线送报纸了!

"祝你好运,亨利!"卡珀先生冲着他远去的背影喊道。

亨利扭头冲着卡珀先生笑了笑,以此回应他,

然后踩着自行车一路往前骑。卡珀先生，《日报》的区域经理，刚刚祝他好运！亨利感觉好极了，他兴奋地拿出一沓报纸冲着一棵树拍了一下，只是为了听听声响。

在前往克利基塔特街的路上——那里也是斯库特的送报路线的起点——亨利不得不经过比苏斯

家。比苏斯和雷梦拉这时都在人行道上玩,比苏斯正在教妹妹跳绳。雷梦拉用自己最大的力气把绳子从头上挥了过去,然后当绳子落到地上以后再小心翼翼地从上面跨了过去。

"不不,不是这样的,雷梦拉,"比苏斯嚷了起来,"跳,你得跳起来!"

"你们好啊。"亨利冲她们打招呼道,因为肩上背着一捆报纸,亨利挺得格外直。

"亨利!"比苏斯冲他叫了起来,"你这是要去送报纸吗?"

"是的。"亨利腼腆地回答,眼角余光瞄到雷梦拉正张大嘴巴吃惊地盯着他,手里的跳绳也垂在了地上。亨利觉得自己在雷梦拉这个年纪的人看来已经非常成熟稳重了。他真希望自己这一路上会遇到许许多多的熟人。

在克利基塔特街上送报纸对亨利来说易如反掌,因为他经常看见斯库特在这条路线上送报纸,

十一岁之后

对订阅了报纸的人家也非常熟悉。只见亨利从帆布包里掏出一沓报纸,呼啦一下扔到了一户人家的草地上,然后又骑到街对面的一侧,将一份报纸扔到了格林太太家的阳台上。每个人都知道格林太太要求把她订阅的报纸放在阳台上并且对这一点非常较真,而亨利不会让斯库特被她投诉的。他在街上左拐右拐地骑着车,左右开弓地把报纸往街两边甩,这正是他想要的生活啊!

  随着亨利的报纸越送越多,他肩上的帆布包变得越来越轻,他自然感觉越来越轻快。当他把一份报纸扔到斯库特家门口的台阶上时,亨利的心情格外愉悦。他真希望斯库特从游泳馆回来的时候会亲自捡起这份报纸,拿进屋去。

  亨利在五点三刻送完所有的报纸,街上的路灯也都亮了起来。也许他送报纸的速度还算不上迅速,但他距离时间期限还有十五分钟。不错,真不错,亨利一边开心地往回骑车,一边想着。他吹着

口哨,肩膀上的帆布包轻巧得让人欣喜。这下卡珀先生应该能看出来谁可以委以重任了。

"嗨,妈妈,"亨利一边走进厨房一边说,"你在做什么,好香啊。"他俯下身去摸了摸坐在冰箱旁边的小闹闹。

"洗手!准备吃饭吧,"哈金斯太太回答说,"对了,亨利,有一位琼斯太太和一位奥兹瓦尔德太太刚才打来电话,还留下了她们的地址。她们说自己有一些废报纸可以提供给格林伍德小学的废纸回收大赛。"

"真的吗?!"亨利惊讶地叫了起来。他刚才的心思一直放在送报纸上面,把小广告这个事完全忘了。现在,他用打字机打出来的小广告居然真的生效了,即便那上面还有几个错别字!真是世事难料啊,听到这一好消息的亨利在心里想。

这时,亨利才发现自己已经饿得不行了。"爸爸,麻烦你帮我切一大坨肉可以吗?"全家人坐下来吃饭的时候他对爸爸说。

"不是'一坨',亨利,"哈金斯先生纠正他说,"是'一片'。"

"好吧,一片肉,"亨利高兴地同意道。他有一种感觉,那就是现在既然他已经真正地送过一次报纸了,那么距离他拥有一条属于自己的送报路线的日子应该也不远了,并且他的十一岁生日也正在一天天地临近。与此同时,他还有学校举办的废纸回收大赛要参加。反正从眼下的情况来看,他的小广告会让他忙活好一阵子了。

事实也的确如此。就在那天晚上,亨利接到了好几通电话,都是那些想要把家里的废旧报纸杂志送走的人打来的。在他第二天骑车上学的路上,亨利还在盘算自己要怎么去接手那些旧报纸。终于,他想好了,首先需要借到一辆手推车——他自己原本有一辆,但是在一次二手物品大甩卖当中已经卖掉了——然后把那些废旧报纸都码进他家的车库里,再把它们扎成捆。亨利想起来比苏斯和她的妹妹雷梦拉似乎有一辆小推车,而他相信自己一定能借到，说不定比苏斯还会乐意来帮忙呢。毕竟，他们俩在学校里是一个班的，而且比苏斯是个通情达理的姑娘。

就在亨利把自行车停进学校的停车棚的时候，斯库特也来了。"嗨，"亨利说，"昨天你的报纸我全都帮你送好了。"

"话说，你的那个主意是怎么回事？"斯库特有些气势汹汹地问，"为什么会在我的报纸里塞进那些蹩脚的小广告？"

"可是昨天的报纸是我送的啊。"亨利辩解说。

"可是那条送报路线是我的啊。"斯库特抬高了音量。

"可是卡珀先生说了我可以塞广告的。"亨利特意指出道。他相信自己是对的，同时又不希望斯库特生自己的气。

"我才不管卡珀先生说了什么，"斯库特嚷道，"你这是在作弊，作弊，你知道吗？"

国际文学大师书系

这个时候,学校操场上的男生女生都被他们吵架的声音所吸引,开始朝着他们俩围了过来。

"这才不是作弊!"亨利激动地反驳说,他不会让斯库特称自己为作弊者。"是你自己昨天不想去送报纸的,而且卡珀先生也说了我可以往报纸里塞小广告。如果昨天是你自己送报纸的话,你也可以把广告往报纸里塞——如果你也想到这个点子的话!"

亨利似乎是在暗示斯库特未必能想到这个点子,于是斯库特的火气更加上头了。"哈!"他不屑道,"那不过是一个烂主意,而且我敢打赌它一定行不通!"

"才怪,"亨利已经控制不住地开始炫耀起来了,"事实上它已经见效了,昨天已经有八个人给我打了电话,而且我敢打赌今天还会有更多人打来的!"啊哈,这下斯库特总该无话可说了吧。

然而并没有,亨利这番话只是让斯库特更加怒火中烧了。"行啊,你可真行啊,亨利·哈金

斯！"他咆哮道，"从今往后你都不要再屁颠屁颠地在我的送报路线上晃荡了，也别眼巴巴地指望着能帮我叠报纸了！"

这句话让亨利突然无话可说了。他真不敢相信斯库特嘴里会说出这种话。屁颠屁颠——亨利完全不喜欢这个词。"你别担心，"他也激烈地回敬说，"给我一百万我都不会再帮你叠报纸了！"

"你当然是没这个机会了！"斯库特反唇相讥。

"你还可以另外找人帮你做你自己的工作！"亨利也不甘示弱。

"我觉得亨利是对的。"人群当中有人说。

"我不这么觉得，"另外一个人说，"我觉得斯库特是对的。"

突然，周围的人都吵作一团。这时，比苏斯从人群外面挤了进来。"斯库特·麦卡锡！"她厉声道，"我觉得你很不厚道！你自己太懒不想去送报纸，你就来这里找亨利的麻烦。如果说你一定要找

国际文学大师书系

他的话,你应该感谢他才对!"

亨利此刻的心情非常复杂。他很高兴比苏斯这时能站出来声援自己,但是与此同时,他又希望她没有掺和到这场争端里来,因为他不想因此被全班拿来打趣。

"仅此而已!"比苏斯一边朝着斯库特跺脚一边说。

很显然,斯库特并不喜欢被一个女生教训的感觉。"不管怎么说,亨利都……"然而他的话刚说到一半,就被学校的上课铃声打断了。围观的人群纷纷散去,男生女生都开始朝着教室冲去。

"不管怎么说,"亨利喃喃地说,"我们就等着看谁的班级会赢得这场废纸回收大赛好了。"他不确定斯库特有没有听到这句话,不过他希望他听到了。

"比苏斯喜欢亨利,"人群里有人开始起哄了,"比苏斯喜欢亨利!"

十一岁之后

屁颠屁颠——这个令人不悦的词仍旧在亨利的脑海里回响。它让亨利觉得自己是个累赘,是个麻烦,而这是他最不希望的。他不过是想要一个机会来向卡珀先生证明自己是一个优秀的商务人士罢了,不过这个机会现在也已经付诸东流了。即便斯

库特不再生他的气了，亨利也知道自己不会再去卡珀先生的车库了。

哎，算了，我反正也不想要一条别人的旧的送报路线，亨利心里想着。可是即便是这样，他也很难说服自己相信这番话。

第四章
废纸回收大赛

放学的铃声一响,亨利就和比苏斯往自己家冲去。比苏斯非常愿意把手推车借给亨利,并且还想要帮他收集废纸。到了亨利家后,他们先是向亨利的妈妈解释了一番他们将要做的事情,并且拿到了更多人的地址,这些人都是看到亨利的小广告之后打来电话的。然后他们在小排骨和小闹闹的陪伴下来到比苏斯家,有小排骨在身边保护时,小闹闹还算是一只勇敢的小猫咪,他们吃了一些芝士和面包，还喝了点儿牛奶，然后就从房子的后门出去，去把手推车从车库里弄出来。

比苏斯的妹妹雷梦拉正在草地上跳来跳去，而她身上的连体衣还用别针别着一根旧跳绳。"我是一只小猴子，"就在比苏斯把那个红色的小推车从车库里推出来时雷梦拉宣布说，"那是我的小推车。"

"我知道，"比苏斯回答说，"但是我们需要借用一下。"

"不，我不借，"雷梦拉说，"我也要用它。"

"噢，雷梦拉，别这样，"比苏斯不耐烦地说，"我们会还给你的。"

"不！"雷梦拉叫了起来，"我现在就要

用它!"

这时,昆比太太出现在了后阳台上,"姑娘们,有什么麻烦吗?"她问道。

"我们想要用这辆小推车去拉一些废纸,但是雷梦拉说她现在要用它。"比苏斯回答说。

"因为这是我的小推车啊。"雷梦拉坚持说。

"那你干吗不带着雷梦拉一起去呢?"昆比太太建议说,"那样我敢肯定,雷梦拉会把手推车借给你们的,不是吗,雷梦拉?"

"是的!"雷梦拉开心地同意道,因为她一直都喜欢参加那些大哥哥大姐姐的活动。

"哎,妈妈,"比苏斯抗议说,"可是她会碍事的!"

"但是那的确是她的手推车啊。"昆比太太提醒比苏斯。

"行吧,雷梦拉,"比苏斯气呼呼地说,"来吧,过来让我把你的'尾巴'摘下来。"

"不行,我是一只小猴子,我不能把我的尾巴拿掉。"雷梦拉说,然后拖着她那条长长的"尾巴"沿着车道蹦蹦跳跳地往前走了。

亨利真希望自己能有什么别的办法搞到一辆手推车。一想到要和拖着一截"跳绳尾巴"的雷梦拉一起走在街上,他就觉得尴尬得要命。

"让她走在我们前面,我们假装不认识她就行了,"比苏斯提议说,"反正我经常那么做。"

"我想要拉我的手推车。"雷梦拉蹦跶到比苏斯和亨利的身边说。

"行吧,"比苏斯同意道,把手推车的把手递给了雷梦拉,"记得在下个路口转弯,我们要去奥兹沃尔茨家。"

当他们在路口转弯时,三人看见一辆搬家的小货车正在一座房子前停了下来。那辆小货车车身上印着这样的广告:塔克搬家,让塔克来帮你吧。

"嘿!"亨利叫了起来,"庞弗里家一定是今天搬家,他们家的猫还是小闹闹的妈妈呢。"

"我知道有个人的猫有七只脚趾。"比苏斯说。

雷梦拉则站在货车旁边,看着两个身穿白色连体服的人扛着一张床垫从屋子里走了出来,然后沿着一块木板把床垫送进了小货车里。"你们好呀!"雷梦拉摇晃着她的跳绳"尾巴"说。很明显,她想让那两位搬家工人注意到她的尾巴。毕竟,雷梦拉的字典里从来就没有"害羞"两个字。

国际文学大师书系

"啊哈,你好呀,"其中一个工人说,朝着雷梦拉笑了一下,"快看这是什么?"

"我看着像是一个长着猴子尾巴的小姑娘啊。"另一人回答。雷梦拉开心地笑了。

"快走,雷梦拉,"比苏斯说,"我们还有很多废报纸要收呢。"

"是的,快走吧。"亨利不耐烦地说,他口袋里的名单上可是有长长的一串名字和地址需要拜访。

"可是我想看他们搬家。"雷梦拉无动于衷地说,一动也没动。

"好吧,你留在这里看吧,"亨利同意说,"我们就把手推车推走,去拉废纸了。"

然而亨利的这个策略并不管用。"这是我的手推车。"雷梦拉说。不过,她倒是放开了手推车的车把,因为她想沿着木板走进小货车的车厢里去看一看。

亨利忍不住想抓住手推车就跑。他突然意识到，他的小广告可能过于成功了。用这样一个小小的手推车去装很多废报纸和杂志并不是一件容易的事。那些家具的主人庞弗里先生拿着一盏台灯从房子里面出来时，亨利跟他打了个招呼："嗨，庞弗里先生。"

"雷梦拉，你现在马上从那辆货车里面给我出来！"比苏斯命令道，"你挡了别人的路了！"

"我不想出来，"雷梦拉回答，"我想看看这里面都有些什么东西。"

"你最好跟着你的哥哥姐姐去，"其中一个搬家工人对她说，"不然的话你可能会被弄伤的。"

"不，我不去，"雷梦拉说，她正踮起脚尖，

想往木桶里面窥探个究竟。

"快走吧,雷梦拉。"比苏斯恳求道,但是雷梦拉直接无视了她。

"说起来的话,庞弗里先生,"那个正在把床垫往货车里搬的工人从货车里说,"你觉得带上一个有猴子尾巴的小姑娘一起去华盛顿怎么样?"

雷梦拉停了下来,不再窥探那个木桶,冲着那个注意到她尾巴的搬家工人笑了。

亨利看见庞弗里先生也朝着那个搬家工人眨了眨眼,说:"好主意,但是你知道上哪儿能找到这样的一个女孩吗?"

"说来也巧了,我这就有一个长着猴子尾巴的小姑娘呢。"搬家工人回答。

"那我从你这里买走她需要多少钱?"庞弗里先生顺着工人的玩笑问道。

"那可不便宜呢,"那个搬家工人从货车车厢里走了出来,往庞弗里先生家门口的台阶上走去,"毕竟长着猴子尾巴的小姑娘可不多见啊,尤其是在我们这个街区。"

"我知道,"庞弗里先生说,"并且我还知道在华盛顿沃拉沃拉会更加罕见。"

"你还算识货,那要不这样吧,"那个搬家工人说,"这个长着猴子尾巴的小姑娘的品相非常好,所以我就把她五美分卖给你,怎么样?"

"的确很划算,"庞弗里先生同意说,他把手伸进口袋里,掏出了一把零钱。雷梦拉睁大了眼睛,看着他从里面挑出一枚五美分的硬币,递给了

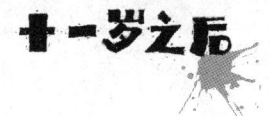

搬家工人。

"你可真是淘到宝了,"搬家工人一边把硬币放进口袋里一边说,"毕竟她的尾巴有那么长呢。"

听到这句话,雷梦拉飞也似的沿着脚踏板从小货车车厢里面冲了出去,然后一把抓住她那辆手推车的把手,以她最快的速度往家的方向跑去了。

"雷梦拉,等等!"比苏斯在后面冲她喊道,但是雷梦拉反而跑得更快了。别在她身上的那根跳绳的手柄在地上碰得咔咔作响,雷梦拉的双脚也以最快的速度在人行道上上下翻飞。

哎呀,手推车也没有了,现在该怎么办?亨利苦恼地想。

"快跟上啊,亨利,"比苏斯说,"我们得抓住她,她还以为他们是说真的呢!"

"嘿,雷梦拉,快回来!"亨利用透露着烦躁的声音喊道,还不忘跟着比苏斯在后面追赶雷梦拉。这个雷梦拉可真能坏事啊!现在没了手推车,那么多的废纸他要怎么去收集呢?

比苏斯和亨利追了半个街区。在雷梦拉拉着那辆咔咔作响的手推车在路口拐弯时,比苏斯才一把抓住她妹妹的手臂:"雷梦拉,等一下,那两个人不过是在开玩笑罢了。"

"不!"雷梦拉叫了起来,从比苏斯手里挣脱开了,"我不想去——去那个地方!"

"但是雷梦拉,"比苏斯请求说,"那人是故意那样说的,这样你才会从那辆货车里出来。"说完,比苏斯又没好气地补充说,"如果我叫你出来的时候你肯听我的话,那也不会有现在这么多的麻烦了。"

"你看这样行不行,雷梦拉,"亨利在绝望中提议说,"不如你把手推车给我,然后你和比苏斯一起回家?"亨利一定要去把那些废报纸拿回来,否则那些因为看了他的小广告才联系他的人肯定会生气的。

雷梦拉停下了脚步,大喊一声说:"不行!这是我的手推车!"

亨利此刻非常厌恶自己。他早该知道,在这个时候是不能跟雷梦拉搅和在一起的,但现在的麻烦就是,他想不到任何别的办法来搬运那么多的废报纸和杂志。在这个街区,他不记得还有别的人有手推车了,而他的爸爸早上就把车开去上班了,所以他的妈妈也不能开车帮他搬运那些报纸。亨利倒是想过用一辆独轮车去拉,但是他又不确定自己能不能推得动一辆装满了杂志的独轮车。说不定,他和

 国际文学大师书系

比苏斯可以一人扶着一个把手……但是即便那样行得通,他们也要先摆脱雷梦拉,可那不是一件容易的事。

亨利怒视着雷梦拉,而她已经爬进了自己的手推车里了。"你们推着我走。"她命令道。

"噢,没问题。"比苏斯恼火地说。

就在亨利看着雷梦拉坐在手推车里,身上的"尾巴"还摆在车外的时候,突然他心生一计。亨利真不知道自己为什么没早点儿想到这个主意,这个办法很有可能行得通,毕竟在雷梦拉身上,什么情况都有可能发生的。

"不如这样如何?雷梦拉,"亨利说,"你干吗不把你的尾巴拿掉呢?"

雷梦拉瞪了亨利一眼。的确,如果让她把尾巴拿掉,那她一定会坚持戴上她的"尾巴"。

"庞弗里先生说了,他想要带一个长着猴子尾巴的女孩到华盛顿沃拉沃拉去,"亨利指出说,"但是他可没说想带一个普通女孩。"

听到这话,雷梦拉不再瞪他了,似乎陷入了沉思。比苏斯似乎看到了希望,冲着亨利笑了笑,这个办法看来真的管用。

"没错,雷梦拉,"比苏斯附和说,"庞弗里先生可没说他想要带走一个普通女孩,他想要的是一个长尾巴的女孩,因为那样的女孩很少见,这可是他亲口说的。"

雷梦拉把手放在她的尾巴上,仿佛在努力地思考。

"你没有尾巴的话,他说不定都认不得你呢。"亨利继续添油加醋。

国际文学大师书系

"他当然认不出了，"比苏斯坚定地说，"他会把你认作另外一个人，一个普通的女孩。"

"没错，"亨利表示同意，"那我们这儿的普通女孩可就多了去了，这样一来，你想去沃拉沃拉他都不一定会带你去了，就算你求他都没用。"

亨利和比苏斯的这番话管用了。雷梦拉从手推车里爬了出来，默默地走到了比苏斯身边，说："帮我把尾巴取下来吧。"于是比苏斯把那根跳绳从雷梦拉身上取了下来，放进了她的口袋。

亨利终于可以使用这辆手推车了！现在，他们真的可以去干活了，并且时间刚刚好。亨利忍不住窃喜。要对付雷梦拉就只能这样——智取。

"对了，比苏斯，"当他们终于前往第一家奥兹沃尔茨先生家里去收旧报纸的时候，亨利突然说道,"不久以后就会有人搬进庞弗里先生现在的房子了,真希望会是一个跟我差不多大的男生。"亨利觉得一个新来的男生会特别受欢迎,就算斯库特对自己非常不满。

"我希望搬来一个女孩,"比苏斯说,"一个没有妹妹的女孩。"

到了奥兹沃尔茨家,亨利发现奥兹沃尔茨太太不仅有一摞一摞的《晚报》和《购物指南》,还有一摞一摞的《生活》杂志。亨利和比苏斯不得不用手推车来回运输了四趟,才把所有的旧杂志和报纸从奥兹沃尔茨家的地下室里弄出去。这并不是一件容易的事,因为《生活》杂志又重又滑,不管亨利和比苏斯多么小心翼翼地把它放到手推车上,它们都会一而再再而三地滑下来。亨利忙到不行,只好把所有的报纸杂志都扔进自己家的车库里,等晚点儿再来整理和打捆。

　　他们去的第二家有旧报纸和杂志,虽然没有《生活》杂志那么重,但也并不轻巧,还更滑手,这些报纸上面已经积了很多灰。亨利和比苏斯的手上还沾了报纸上的墨水。当他们俩把第二家的报纸扔进车库时,亨利感觉自己又脏又热。

　　"天哪,亨利,看看你都成什么样子了!"哈金斯太太看到亨利走进来时叫了起来,"你必须先去洗个澡,再换上一身干净衣服才能吃晚饭。"

"没问题,妈妈,"亨利回答说,"白天有什么人给我打电话吗?"

"有,好几个,"哈金斯太太回答说,"他们留下的地址我都写在电话旁边的小本子上了。"

吃晚饭的时候,亨利跟他爸爸说起了他的小广告带来的成功,哈金斯先生笑了。亨利还听到自己正想听的话,那就是:晚饭之后,他会开车带亨利出去收集那些旧报纸。

亨利和他爸爸那天晚上忙到了很晚。那些邻居仿佛这几个月来没干别的,就顾着收集旧报纸和杂志了。有些人给了他们一摞摞厚重的杂志,比如《生活》和《美家》;另一些人则给他们一小摞

轻点儿的杂志,比如《读者文摘》;还有一些人给了他们大大小小不同的杂志,想要摞起来都不太容易。亨利觉得他最喜欢的还是那些给他《国家地理》的邻居,因为这本杂志很厚,尺寸大小又正好,拿着也不会手滑。最后,亨利和他爸爸把邻居给他们的所有废旧报纸跟杂志都搬走了,放进了他们家的车库里。哈金斯先生说他晚上会把车停在车库外边,而哈金斯太太则表示亨利需要再洗一个澡。

亨利和比苏斯——后来又加上了一个罗伯特——每天放学以后都非常努力地干活,连星期六也不落下,只是有时候,他们会被雷梦拉拖累一下,因为她仍然坚持拉着自己的手推车。虽然她现在不戴猴子尾巴了,但是她会在自己的凉鞋外面再踩上一双她妈妈的高跟鞋,走起路来啪嗒作响。小排骨和小闹闹现在也会跟着他们。就这样,一车又一车的废旧杂志和报纸被送进了亨利家的车库里。

后来，废纸多得就连车库都放不下了，他们只好放在车库外面的车道上。哈金斯先生停车的位置越来越靠近大街了。

有一次，卡珀先生沿街开着他的旧敞篷汽车，他把车停在了路边，问道："那个很会做广告的人最近怎么样？"

"还行。"亨利不好意思地回答说，脸都红到了脖子根。他觉得自己看上去一点儿都不职业，因为他身边有一条狗和一只猫，雷梦拉还踩着她妈妈的高跟鞋在身后趿拉着挪动。

有一天晚上，亨利被雨打在房屋上的声音给惊醒了。"我的报纸！"他想着，"它们肯定会被淋湿的。"可随后他又睡着了。到了第二天早上，雨下得小了，于是亨利赶紧冲出去检查他的报纸。整个世界仿佛都淋湿了：草地湿了，下水道里的树叶

国际文学大师书系

湿了,而他的那些摞在一起的报纸最上面一层是最湿的。

"亨利,"吃早餐的时候,哈金斯先生突然说,"你是不是应该停止收集报纸开始打包了?要把那些报纸都打成捆可不是一件容易的事,而且你还要把它们都运到学校去,你知道的吧?"

当名单上的最后一个名字被划掉后,亨利、比苏斯和罗伯特穿着雨衣雨鞋开始把那些被雨淋湿的报纸打捆,然后用麻线扎好。比起收集报纸,这个工作可没那么有趣。

哈金斯太太去便利店里买了几卷麻绳。回来以后,她穿上一件旧雨衣,在头上绑了一块大手帕,也加入了亨利一行人的工作。"真希望我们能在七月四日前把这些报纸都捆好。"她说,然后便开始捆那些湿答答的报纸。

哈金斯先生下班回来以后，看了看眼前的情况，随即也换上了一条旧裤子和一件他通常去钓鱼才会穿的粗布短外套，一起干了起来。他们不停地整理、捆绑，整理、捆绑，然而那些废报纸仍然满满当当地堆在停车道上，似乎并没有减少多少。亨利真希望自己的小广告效果没有那么好。

哈金斯太太邀请罗伯特和比苏斯留下来吃晚饭，因为据她所说，如果让他俩就这样回去的话，可能就不会再回来了。于是，他们仓促地吃完这顿简单的晚餐，由罐头豆子、罐头三文鱼、罐头玉米以及罐头苹果酱组成的晚餐。然后五个人就着后阳台上一颗灯泡的光亮又开始了打包的工作。比苏斯和罗伯特的妈妈打电话来催他们回家的时候，地上的报纸已经只剩车库里的那一点儿了。比苏斯和罗伯特对于自己被催着回家似乎也并不感到惋惜。

哈金斯太太在一捆报纸上坐下,说:"我现在已经累得连一本《读者文摘》都拿不起来了,甚至连一本漫画书都不行。"

"要不我们今天就到这儿吧。"哈金斯先生建议说。

亨利打了个喷嚏。

"你有没有想好明天要怎么把这么多废纸送到学校去?"周五晚上,哈金斯先生一边给最后一捆报纸的绳子打结一边问道。

亨利低头朝着一捆旧报纸踢了一脚,说:"我们可以用比苏斯的手推车送一部分到学校去,然后我还可以……嗯,那个,我还想着,兴许你可以用车帮我们运过去一些?"

"噢,好吧,我就知道会这样。"哈金斯先生无奈地说。

星期六早上,哈金斯先生和亨利一起把一捆一

十一岁之后

捆的报纸搬到车里，堆满了汽车后座和后备厢。亨利还发现，报纸和杂志在扎成捆后比松散的状态下要重多了。当汽车尾部开始往下沉的时候，哈金斯先生说不能再装了，他们才停了下来。他们开车去了格林伍德学校，然后把车上的旧报纸和杂志搬进了体育馆。在那里，家长教师协会的成员依旧在为成捆的报纸称重，记录每个班送来的报纸。哈金斯先生并不是唯一一个过来帮忙的父亲。

当亨利和他父亲第二次往车上搬运的时候，那些成捆的报纸似乎变得更重了。亨利回头看了一眼剩下的那些报纸杂志，不禁好奇他们还得来回搬运多少趟。应该还得好几趟吧，亨利心想。他累极了，浑身酸痛，他已经不在乎自己能不能赢得这场比赛了。他只想赶快把这些处理掉。

这一次，就在亨利和他爸爸把报纸从车上卸下来的时候，他们遇见了斯库特。斯库特正骑着他的自行车来上学，而他收集到的废报纸就放在他的自行车篮筐里。

"嗨，斯库特，"亨利主动和他打了个招呼，他不希望斯库特还在生他的气，"那个……是这样，你看我们车库里还有很多废报纸，如果你愿意的话，可以给你的班级拿一些走。"

"不用了，谢谢。"斯库特冷冷地回答。

行吧，那就这样吧，亨利心想。自己主动求和，却被一口回绝，亨利有些失望。斯库特生气了，而且他打算一直生气下去。行吧，如果这是他想要的，那就随便他好了，反正亨利已经尽力了。毕竟亨利也不想再继续帮斯库特叠报纸了，他已经受够了"屁颠屁颠"地跟在他屁股后面。

这一整天，亨利和他爸爸都忙个不停。他们

国际文学大师书系

不停地搬、抬、运、卸和码堆,亨利的妈妈则一直待在学校,为家长教师协会统计报纸的数量。亨利这辈子从未这么累过,但是他知道自己不能抱怨。"也许我们可以留下一部分报纸,用来参加明年的废纸回收大赛?"又送了一捆报纸之后,亨利向他妈妈建议说。

"噢,不,不行,"哈金斯太太立刻回绝,随即她又忙着去称一捆报纸。

亨利呆呆地站在那儿,看着面前那一捆又一捆由格林伍德学校的男生女生们收集来的废纸,并且这些报纸每一分钟都在增加。亨利这辈子都没在一个地方看到过这么多报纸。可以说整个国家出版的每一种杂志都堆放在这儿了,更不要提那些废旧报纸!一捆接着一捆。而每一份报纸曾经都是由某个男孩送去订报人家的——某个不是亨利的男孩。

当亨利和他爸爸把他们收集的最后一捆报纸送到了学校操场，哈金斯太太手上的尺子被另一位家长教师协会的成员接过去后，哈金斯一家人终于可以拖着疲累的身体开车回家了。"我希望我们班能赢，"亨利有气无力地说，"起码要赢过斯库特他们班。"不过，亨利觉得自己太累了，累到下午都不想再回学校去看到底是谁赢了，下周一再知道结果也不迟。现在，他甚至都不想去想报纸的事。

星期一晚饭时间，已经完全从比赛的疲累中恢复过来的亨利高兴地向他爸爸妈妈宣布说："没错，我们班赢了！我早就知道我们班会赢，现在我们得到了六美元的奖励，还可以想怎么花就怎么花，只不过到底怎么花我们还没想好。还有，你们猜怎么着？我们班收集的报纸比斯库特他们班的厚了一倍不止呢！"

"那你们看过电影了吗？"哈金斯先生问道。

"那当然了,"亨利回答,"看了一部动画片和一部关于自然的电影。当然那部电影很有教育意义,不过还是很好看,因为里面有熊一家。"

"我也为你们这个比赛出了不少力啊,"哈金斯太太说,"我也想看一部有关熊的电影。"

突然,亨利感觉非常羞愧。他现在才反应过来,他的父母也为这场废纸搜集大赛出了不少力——和他自己一样努力。"谢谢你们的帮助,"亨利为自己没有早点儿感谢他们而感到内疚,"你们都没有享受到奖励。"可怜的妈妈和爸爸!他们只参与到了这场比赛最惨的那一部分。

亨利决定了,等下一届废纸搜集大赛举办的时候,他不会再打广告了,不过那也是一年之后的事了。毕竟他今年的广告过于成功了。如果届时他在家里发现了散落的旧报纸,他会把它们捆起来送去学校,但是眼下,亨利感觉自己在很长的一段时间里都不想再和废纸扯上什么关系了,并且亨利相信他的父母也都是同样的感觉。不论如何，亨利真心希望明年这个时候能有比收集废纸更重要的事情要做，而不是拖着手推车、带着雷梦拉在街区走街串巷。

"我猜我们要自己给自己颁奖了，"哈金斯先生说，"我们把餐盘放进水槽里，先去看一部电影再回来洗碗怎么样？我注意到影院有一部西部片正在上映，说不定有熊一家。"

"哇，"亨利高兴地叫了起来，"哪怕我明天还要上学吗？"

"当然，"哈金斯先生回答，"今天是个特别的日子，毕竟我们赢了废纸回收大赛，不是吗？"

第五章
新邻居墨菲

就在废纸大赛结束后不久,一个亨利期待了非常非常久的日子到来了,那就是他的十一岁生日。今年,亨利的生日还落在了星期六,所以显得格外特别。这一天,哈金斯太太邀请了亨利班里的八个男同学来他家吃午饭。而亨利收到的生日礼物有三只手电筒(没关系——一个男孩总是需要很多只手电筒的)、两套邮票、一套飞机模型和两套拼图。他们吃了墨西哥蒸肉、牛奶和蔬菜沙拉,哈金斯太太觉得男生应该多吃蔬菜，当然还有一个点着十一根蜡烛的橘子味冰激凌奶油蛋糕。之后，这些男生开始通过互相练习人工呼吸取乐。哈金斯太太把桌子收拾干净后，开车把他们载到了附近的电影院，并且让他们连续看了十七集的《兔八哥》动画片。

生日这天，每一分钟亨利都过得十分开心。当兔八哥假扮成罗宾汉并打败了诺丁汉局长的时候，他笑个不停；当兔八哥从那个想把它炖了吃掉的猎人手里逃走时，他为之雀跃；当兔八哥和一个想让它从高跳台上跳进下面的一桶水里的马戏团表演指导互换位置的时候，亨利忍不住欢呼了起来。而每一个开心时刻，亨利脑子里想的都是：我已经十一岁了，到了拥有一条属于自己的送报路线的年龄了——如果我能够得到它的话。

看完电影后，男孩们各自走回家了，亨利和罗伯特家离得很近，他们一起走回家，在来到以前庞

弗里先生家住的房子时,他们看见有人正从一辆小货车上把家具往房子里搬,于是他们自然而然地停下来驻足观看。亨利感觉有一点儿失望,因为这位新邻居的家具似乎并不怎么有趣,不过是一些寻常的东西——床、椅子、炉灶,以及电视等。

"嘿,看哪,"罗伯特指着一个什么东西叫了起来,"一辆自行车!"

"一辆男孩的自行车!"亨利也激动地补充说,"我真好奇他现在读几年级。"

"说不定他读的就是我们班呢,"罗伯特说,"这辆车的大小看着蛮正常的。"

"嘿,你知道什么是一个好点子吗?"两个男孩开始往家走的时候,亨利热切地对罗伯特说,"说不定我们三个人——你和我,还有这个新来的家伙——可以搞来一堆电线什么的,然后组装一个电话系统。当然了,要把这个系统连到他家的话,我们可能还需要把电线从篱笆和树上绕过去，但是我敢打赌，它一定会实现的。"

"嘿，这可真是个好主意！"罗伯特热切地表示同意，"这样一来的话，我们就可以想什么时候给对方打电话就什么时候打了。"

"当然了，"亨利说，"那将是我们自己的私人线路，我还敢打赌，我们能在图书馆里找到一些书来教我们怎么做。"

"我真好奇我们什么时候能见到他。"罗伯特说。

"希望用不了多久吧，"亨利回答，"有个新的小伙伴总归是有趣多了。"

星期天，亨利给自己找了好几个理由骑着自行

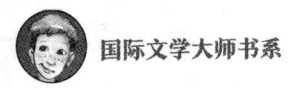

车从那个新来的男孩家门口经过,但是他一个人也没见着。星期一,他注意到窗户上挂起了窗帘,但他仍然没有见到新来的男孩。亨利回到家,没有什么特别的事要做,于是他把一片玻璃纸绑在了一根绳子的尽头,然后拉着那根绳子从地毯上划过,好让小闹闹把它当成逗猫棒去扑腾,自己却在心里默默好奇那个新来的男生到底会是个什么样子的人。正如哈金斯先生所预言的那样,小闹闹正在迅速地成长成一只大猫,虽然现在它还没有成年大猫那么大,但是也不能再称它小奶猫了。只见它蹲下身子,尾巴甩来甩去,然后往前一扑,那片玻璃纸就被它踩在脚下,然后它又往地上一滚,用后脚使劲地踢自己的猎物。小排骨则躺在旁边看着它玩耍。

这时,电话响了起来,哈金斯太太接起了电话。"你好?"亨利在旁边听着电话,"噢,你好啊,伊娃。"伊娃——亨利知道她是斯库特的妈妈。他妈妈经常会和斯库特的妈妈煲上很久但很无

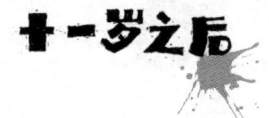

聊的电话粥。

"噢,亲爱的,"亨利听见他妈妈说,"那可太糟糕了。"

什么太糟糕了?亨利不禁有些好奇,把玻璃纸从小闹闹脚下拿了起来,高高举起,等着这只半大的猫咪跳起来抓它。

"我很高兴亨利已经经历过这件事了。"哈金斯太太说。

我经历了什么事?亨利问自己,但是却想不起来自己经历了什么,除了上幼儿园和小学的前四年级。他不认为他的妈妈和斯库特的妈妈是在讨论这个话题。

"换作我的话,我不会担心的,伊娃。这件事并没有太坏,"哈金斯太太继续说,"不过话说回来，斯库特的确是要大一点儿。"

"也许斯库特是比我大。"亨利一边想着一边把玻璃纸从小闹闹的爪子里抽了出来，"但是我现在已经十一岁了。"

"嗯，是的，你也知道，男孩子嘛，都那样。"哈金斯太太又说。

亨利对她们之间的对话愈发感兴趣了。如果他妈妈开始说什么"男孩子都那样"之类的话，那亨利很想知道个究竟。听到这里，亨利停止拨弄那张玻璃纸，而是坐下来认真听了起来。

哈金斯太太又笑了："这也太好笑了吧。"

亨利有点儿不耐烦了，他希望电话里说的不是什么他做过的好笑的事情。毕竟他不希望有人嘲笑自己。

十一岁之后

随后,哈金斯太太又聆听了很长一段时间,然后终于又说:"我不知道,伊娃,我觉得他的年纪还是小了一点儿。"

年纪小了一点儿,这是针对什么事情呢?亨利越来越不耐烦了。如果他妈妈是在说亨利的年纪小了一点儿,那她多半是说他不能去做什么他想去做的事情。也不知道为什么,每次亨利的父母说他还太小而不能去做什么事情的时候,那些事情都是亨利最想去做的。所以这一次当他妈妈又在谈论他的时候,亨利走进厨房,大声地说了一句:"我才不小呢。"

哈金斯太太示意亨利走开,然后继续对着电话那头说道:"但是,伊娃,必须得说,星期天,它们可沉了。"

这句话让亨利有点儿摸不着头脑了。是什么东西在星期天比在平日里还要沉?他妈妈的这句话根本说不通啊。如果是人的话,人们在星期天也不会比平时更沉啊,除非他们吃了很多的苹果派之类的。突然,亨利灵光一闪,仿佛想到了什么。是报纸！星期天的报纸比平日里沉多了！也许——不，不可能——是的，没错！他妈妈一定是在和斯库特的妈妈讨论让亨利去送报纸的事！但是转念一想，亨利又觉得不大可能。斯库特现在还在因为废纸收集大赛的事生亨利的气呢。

"妈妈。"亨利焦急地低声说。

哈金斯太太用手捂住电话的听筒，说："亨利，我在跟人讲电话呢，你别来打断我，行吗？"

"可是妈妈——"

哈金斯太太瞪了一眼亨利，这一眼让亨利明白她不是在开玩笑。

"呃……"亨利沮丧地走回了客厅，把小闹闹抱了起来，一边揉着它脸颊上的细毛，一边仔细地听着他妈妈说的每一个字。

"好吧，伊娃，"哈金斯太太终于又说，"他

国际文学大师书系

已经想要好几个星期了。"但是说到这儿,哈金斯太太并没有挂掉电话,而是继续又说,"对了,伊娃,我负责今年家长教师协会的食品饮料,我想知道你认不认识做糕点的……"

亨利的嘟囔声太大,以至于哈金斯太太也听到了,但是她并不在意。"……最好是好吃又不贵的。我想着我们要是准备一个大大的蛋糕,把它冷冻一下,再装点几个玫瑰花苞——噢,不,不是每一个家长教师协会的成员都会有一朵玫瑰花苞,那样就太贵了——只需要少量的几朵,让蛋糕看起来好看就行——"

她竟然还在说为家长教师协会准备玫瑰花苞!在现在这样一个时刻!亨利朝着沙发靠垫打了一拳,以发泄掉一些自己的不耐烦。当哈金斯太太终于挂掉了电话,亨利立刻把小闹闹放到地上,腾地站了起来。"她想怎样,妈妈?她想怎样?"

"亨利，我希望在讲电话的时候你不要来打断我。"哈金斯太太说。

"好的，妈妈，"亨利忙不迭地回答，"但是她想怎样？"

"斯库特发水痘了。"哈金斯太太开始缓缓道来。

"斯库特发水痘？"亨利不可置信地叫了起来，"可是他都上七年级了啊！我出水痘还是很小的时候的事了！"真是世事难料啊，亨利心想，他终于有一件事是比斯库特早的了。

"是的，他在发水痘，"哈金斯太太继续说道，"并且他希望你能帮他去送报纸，一直到他病愈回校。"

"斯库特想让我去帮他送报纸？！"亨利简直难以置信。如果他妈妈说的是斯库特的妈妈希望他帮斯库特去送报纸，亨利或许还能相信——但是说这话的是斯库特本人？！

"是的，好像他自己有点儿不好意思亲自来问你，因为你们俩曾经有过什么争执？"哈金斯太太一边说，脸上一边露出被逗乐的表情，"于是他就让他妈妈帮他打了这个电话。他希望你能帮他去送报纸，因为他知道你能够做好这件事，只不过他担心你还在生他的气。"

或许亨利之前的确生过斯库特的气，但是现在，既然斯库特相信亨利能很好地替他送报纸，他们之间的那些争执似乎突然也就不重要了——那不过是很久之前的一点儿小摩擦罢了。"我生斯库特的气？"亨利仿佛从未听说过有这回事一般，"所以我从什么时候开始送？"

"今天,"哈金斯太太说,"所以你最好现在就去一趟斯库特的家,把路线图先拿回来。"

在亨利的妈妈把最后一句话说完之前,亨利的手已经放在了门把手上,但是他还是没有忘记多问一句:"对了,妈妈,出水痘一般要出多久?"

"大概两个星期吧,以斯库特的年纪来说的话。"哈金斯太太回答。

两个星期!整整两个星期可以每天送报纸!而且亨利已经年满十一岁了!他简直不能更高兴了,连跑带跳地冲下了楼梯。

当亨利拿到了斯库特的路线图、帆布包并且来到取报纸的地点时,别的送报男孩都已经开始叠报纸了。"嗨,"亨利匆匆跟他们打了招呼,然后说,"卡珀先生,斯库特在出水痘,这段时间由我

来替他送报纸。"说完,他找到了斯库特要送的那堆报纸,开始叠了起来。

"我们有一段时间没有见面了啊,"卡珀先生说,"你应该没问题的,是吧?"

"嗯,我肯定没问题,"亨利回答说,然后又犹豫了一下,"呃,那个,卡珀先生……我现在已经满十一岁了。"卡珀先生听完,笑了。

"真的吗?"另外一个已经上高中的送报男生恰克说,"你真的已经满十一岁了?"

"当然了,"亨利骄傲地回答,"你该不会以为我这辈子永远都是十岁吧?"

"如果他满十一岁了,"恰克对卡珀先生说,"那也许他能接手我的送报路线。"

亨利停下了叠报纸的手，一直盯着恰克看了好久。"为什么？"他怀疑恰克是在逗他。

"我想在几个星期以后去参加篮球集训。"恰克解释说。

亨利很高兴恰克没有在逗他玩，于是用期待的眼神看着卡珀先生，可是后者只是笑了笑，说："我们后面再看。"

卡珀先生并没有做出任何承诺，亨利一边想着，一边把最后一份《日报》塞进帆布包里，但是他认为自己没有什么需要担心的。他知道自己完全可以胜任送报的工作，并且卡珀先生也知道他想要这份工作。亨利觉得这一次，他和这份工作之间再没有什么障碍了，于是开开心心地去送报了。

亨利送完报纸才五点半，于是他决定在回家的路上绕到以前庞弗里家住的那里去看看，说不定，他还能看到那个新来的男孩呢。这不，就在那个房

子旁边的停车道上,一个奇怪的男孩正在整理一个纸箱,纸箱里装满了一圈一圈的电线、电池和看起来像电子管的东西。男孩看起来和亨利差不多大,也可能比亨利大个一岁的样子——总之是一个高高瘦瘦、稍微有点儿驼背并且戴眼镜的男孩子。

亨利沿着停车道把自行车骑了过去。"嗨,"

他急切地想要表现出友好,"你就是那个新搬来的男生吧?"

"没错。"那个男生说。

亨利感觉他这话并没有太多的信息。他观察了一下这个新来的小子,突然觉得他可能并不太擅长球类运动。不过那不重要,这个街区里喜欢打球的男生多了去了。"我叫亨利·哈金斯,"亨利自我介绍说,"我住在这个街区的另外一头,靠近克利基塔特街。"

然而那个男孩正忙着解开一团铜电线模样的东西,顾不上回答他。亨利觉得这场对话似乎很难再开展下去了,这并不是他想象当中自己结交新朋友的样子。这时,一只胖胖的老狗从房子后院里晃晃悠悠地走了出来。它看上去有点儿像一只猎犬,但是又比猎犬更大更结实,仿佛带着一点斗牛犬血统。亨利突然高兴起来。男孩子总是很乐于谈论他

们的狗,于是他问道:"你的狗叫什么名字?"

"老虎。"那个男生简短地回答,而那只看起来已经很累的狗顺势一倒,躺在了他身边。

"老虎?"亨利叫了起来,"你怎么能管一只狗叫'老虎'呢?'老虎'应该是一只猫咪的名字啊!"

听到这句话,那个男生终于放下了手里的电线,透过自己的眼镜看着亨利,问:"为什么?"

亨利一时有点儿失语。看来,要和这小子做朋友并不是件容易的事啊。"嗯,这个嘛,也并不是完全不可以啦,"他承认说,毕竟这个男生都已经管他的狗叫"老虎"了,"我的意思是……那个,人们通常不都管自己的狗叫'旺财''点点',或者'波波'嘛。对了,你叫什么名字啊?"亨利问,他既想换个话题,又真的出于好奇。

"拜伦·墨菲，"那个男生回答说，"你也可以叫我墨菲。"

"好的，墨菲，"亨利对他们之间的对话有了这么重大的进展而感到非常满意。他看了看墨菲那个箱子里堆成一堆的电线，认定这个男生一定对电力非常感兴趣，而对电力感兴趣的男生一定会乐意搭建一个私人电话线路。"对了，墨菲，"亨利忍不住激动地说，"我有一个很棒的主意，我们俩再加上我的朋友罗伯特，我们三个人可以在我们的房子之间架起一条私密的电话线。只要把电线从那些篱笆和树上牵过去就可以了，然后我们就能在任何时候给对方打电话了，那简直不要太好玩！"说完，他用期待的眼神看着墨菲。

墨菲继续摆弄着他手里的电线，头也不抬地回答说："我们为什么不直接给对方打电话呢？"

亨利盯着墨菲，仿佛不能相信自己刚才听到了

什么。"你……你的意思是就用平常的电话?就是电话公司安装的电话?"

"当然。"墨菲回答。

亨利感觉自己就像一个泄了气的气球。"好吧,我想那也可以。"他承认道,墨菲说的很可能是对的。如果要他们自己去采购零件,再费尽力气组装出一个电话系统,而那个系统很可能还不怎么好用,那不是很傻吗?可是,难道墨菲不知道一个私密的电话系统会很好玩吗?这个墨菲到底是个什么人啊?

"无论如何,"墨菲说,"我现在忙着组装我自己的机器人。"

要说这个墨菲也真有两把刷子,因为他说的每句话都是那么让人惊讶。"你的意思是说,你自己正在组装一个机器人?"亨利难以置信地问道。现在他已经被这个墨菲完全搞蒙了。事实上,亨利

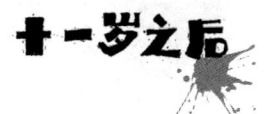

早就应该预料到这一点,毕竟一个能管自己的狗叫"老虎"的男孩还有什么是做不出来的?

"没错。"墨菲从纸箱里掏出一个五加仑^①的油罐。在那只油罐的上面还有一只老旧的番茄酱罐子,而番茄酱罐子上面还有一个更大的锡罐。亨利看得出来,那只最大的锡罐应该就是机器人的头。

"如果你在它头上放一个漏斗,它就会看起来像《绿野仙踪》里面的锡樵夫。"亨利不无殷切地说。他开始觉得墨菲这个男生倒是也蛮有趣的,即便他可能有点儿奇怪。

"它才不是什么锡樵夫,"墨菲听上去有点儿生气了,"这是一个机器人。"

亨利突然觉得墨菲可能认为他的脑瓜子不是那么聪明,因为他把墨菲的机器人拿来和一个童话故事里的角色进行比较。"你——你难道真的指望它

---

① 加仑:英美制容量单位。

能像机器人那样到处活动吗？"亨利忍不住小心翼翼地问道。

"那当然了，"墨菲说，"我都设计好了，用电池和磁铁什么的。说不定我还会放一个留声机在里面，这样它就能说话了。"

这句话里的信息量对亨利来说真是太大了。难不成墨菲真的是一个天才？他要做一个会说话的机器人！要是这个消息传播出去，街区里的孩子不知道会有多兴奋。亨利盯着这个新来的男孩和他的发明，终于他攒足了再次说话的勇气，问道："它背上的那个洞是用来干什么的？"

"那是用来放他的'内脏'的。"墨菲回答。
亨利突然觉得自己本来应该不用问就能看出来这一点的，于是他又过了很久才有勇气再开口说话。亨利不想再问出什么愚蠢的问题了，于是他

说:"你打算给它取个什么名字呢?"这个问题应该是安全的。

"索沃。"墨菲回答说。

"这是个好名字,"亨利称赞道,觉得"索沃"听上去有点儿外太空的风格,非常适合一个机器人。"好了,我好像该走了,"亨利终于说,为了再次表现自己作为邻居的友好,他又补充说,"不过如果你什么时候想下五子棋的话,我就住在克利基塔特街上的那栋白色的房子里。"

"五子棋?"墨菲心不在焉地重复说,"我有很久没下过五子棋了,从我学会了下围棋就再也没下过。"

行了,这句话让亨利再也没有任何话说了。墨菲就是一个天才,一个真正有脑子的人,不然在他这个年纪怎么会下围棋?每个人都知道,围棋是那些长着白胡子的精明老头才会下的。难怪他这么严肃,也不大爱说话——那是因为他的脑子里都想着

一些重要的大事!

"再见了,墨菲。"亨利说,声音里不禁透出一丝丝震惊和崇拜。身为一个天才,一定比只会下五子棋的普通男孩的感觉好很多吧?无论墨菲想做什么他可能都能做成。如果他需要什么东西,那他只需要把那个东西发明出来就好了。天哪,他以后还会住在这个街区,真是想想就令人激动!

亨利确信自己刚才并没有给墨菲留下一个好印象,因为他说的关于"让索沃看起来像锡樵夫"和邀请墨菲来下五子棋的那些话听上去都有点儿傻。他希望墨菲不会因为觉得他太傻而不想和他有什么来往,因为他太想看墨菲是怎么发明索沃的了。在亨利的记忆里面,整个街区还从来没有出现过像索沃这样的事物。他搜肠刮肚地想着说什么话才能让他在墨菲面前显得没那么傻。"那就回见了,"他终于说道,"我放学以后还挺忙的,因为我要去送报纸。"这句话应该能让墨菲知道他没那么傻了。一个有着自己送报路线的男孩还是有一些"分量"的。

"送报纸的确很花时间，"墨菲同意说，似乎亨利的最后这句话终于让他有了一点儿交谈的兴趣。

"我现在是替一个男生送几个星期的报纸，"亨利解释说，很高兴有这个机会可以聊聊自己的工作了，"不过另外一个送报纸的男生就快要不干了，所以我可能会接管他的那条线。"

可是，亨利在说完这句话后就后悔了。说不定，这个新来的男生也会想要一条自己的送报路线呢。"好了，再见啦。"亨利匆匆道别，然后沿着车道一路蹬着自行车走了。

"现在完了。"亨利一边往家的方向骑去，一边想。他原本已经可以拿下属于自己的送报路线了，可他却非要把另外一个送报纸的男生就快要不干的消息告诉这个新来的、有着聪明大脑的男孩。我到底是有多傻啊？亨利扪心自问，并且被自己气

到了。现在，说不定墨菲也想要那条送报路线了，而亨利在面对这个既会下围棋又会发明叫索沃的机器人的聪明人面前还有什么胜算？没有，一点儿也没有。说不定，墨菲不仅会拿到这条路线，还会发明一个送报机器人来替他送报呢。

第六章
雷梦拉占据上风

关于拜伦·墨菲这个天才搬来的消息很快就传遍了整个街区。附近好几个街区的男孩女孩都故意或走路,或踩着滑板,或骑着自行车从墨菲家门口经过,每天来好几拨,都希望能够一窥这个新来的天才男孩以及他的机器人的风采。如果他们碰巧遇见墨菲在车库里工作,他们就会聚集在车道上,并保持着恰当的距离,崇拜地看着他工作。随着用管子制作的手臂被组装到机器人的身体,用锡罐做的

脑袋也装好了天线,有些人开始相信这个机器人在完成以后一定可以活动,当然也有些人对这个想法嗤之以鼻。

在这些围观的人群里面,有那么一个人并没有跟墨菲保持着对崇拜者的距离,那个人就是雷梦拉。她对这个天才没有一丝一毫的敬畏感。只见她踏着并不合脚的高跟鞋,紧紧地跟在墨菲身后,并且在所有围观墨菲的男生女生当中,她也是唯一一个觉得"老虎"对于一条狗来说是个好名字的人。她甚至还说,如果她有一条狗的话,她也会给它取名叫"老虎",就跟墨菲的狗一样。墨菲并不把雷梦拉放在眼里,但是这一点儿不会影响到雷梦拉。

亨利看得出来,比苏斯对于自己有这么一个影响天才工作的妹妹感到非常羞愧。他也很想去告诉雷梦拉不要打扰墨菲,但是亨利最终还是决定自己最好别说话。他和其他人一样非常想看索沃的组装

十一岁之后

过程，但是与此同时，他不希望墨菲注意到自己，以免墨菲也想去接手那条送报路线。

后来，有一天下午，当亨利送完了斯库特的报纸以后，他去理发店剪了个头发，然后在他回家的

国际文学大师书系

路上,亨利看见墨菲骑着自行车从对面过来,老虎则气喘吁吁地跟在他后面。在墨菲的肩膀上,亨利惊讶地看见了一个空空的《日报》帆布包。在他看见那只帆布包的瞬间,亨利突然感觉自己比墨菲刚搬来这里时更加高兴。

"嗨,墨菲,"亨利用突如其来的热情冲他打了招呼,"我都不知道你也去送报呢,为什么我在卡珀先生的车库里叠报纸的时候从来都没看见过你?"

"因为我的送报路线是在我原来的街区。"墨菲解释说。

"噢。"亨利只挤出了一个字,他不用再担心这个天才男孩抢自己的送报路线了。现在,他和墨菲终于可以做朋友了。说不定,墨菲还会让他帮忙做一些组装索沃的工作呢——当然不会是那些需要动很多脑子的部分,而是像递一下扳手啊、拧一下螺丝之类的简单活儿。说不定,亨利还能帮墨菲节省不少时间呢。亨利·哈金斯——天才的助手——

这不正是亨利想要的身份吗?

于是,到了星期六的时候,当着整个街区里的男生女生,当然除了斯库特,他因为还在出水痘而不得不窝在家里,亨利觉得自己不用再保持沉默了。"你打算用什么材料来组装它的腿呢?"亨利问道。

"管子,"墨菲回答,"厚一点儿的管子,等我找到了再说。"

"说不定我能帮你找呢。"亨利热切地说。

"如果你放一个漏斗在它头上当帽子,它就会看起来像锡——"人群当中,一个女生建议道。

然而亨利及时地打断了她,以免她即将说出口的话惹恼了墨菲。"超市旁边有一个五金店,"亨利迅速地说,"说不定那里会有一些你想要的管子?"

墨菲没有回答,他正忙着在盒子里找着什么。

这时，比苏斯和雷梦拉沿着车道跑了过来，加入了围观墨菲的队伍。这一次，雷梦拉没有踏着她那双不合脚的高跟鞋了，但是她的鼻梁上多了一副老式的墨镜架。这副眼镜对她来说实在是太大了，所以两只镜腿被用皮筋在她脑后绑在一起，以免滑掉。

"我真庆幸她不是我的妹妹。"亨利心想。

"我和墨菲一样，戴着眼镜。"雷梦拉开心地宣布。

"她在家里不停地要一副眼镜，好让自己看起来像墨菲，"比苏斯抱歉地解释说，"所以妈妈终于找出来了一副旧眼镜，还把镜片给取了。"

墨菲完全没有在意他的这位崇拜者，而是从盒子里找出一串旧彩灯，然后摘下两颗彩灯放进了机器人头上的两个眼窝里。

"他的眼睛会发光吗？"罗伯特试探地问，声

音里带着一丝丝崇敬。

"当然了。"墨菲回答。

"哇,墨菲,"比苏斯叫了起来,"你可以用蓝色的彩灯,那样他的眼睛就会是蓝色的!"

"不,索沃的眼睛是红色的。"墨菲坚定地说。

比苏斯看起来有点儿尴尬,仿佛她早该意识到一个有着蓝色眼睛的机器人的确有点儿傻。

"我也觉得红色眼睛好看。"雷梦拉朝着墨菲移了过去。当她在墨菲的身边站定以后,雷梦拉开始练习吹口哨。只见她嘟起嘴巴努力地往外吹气,却没有发出任何口哨的声音。随后,她又试着往里吸气。这一次,她成功地发出了一声空洞的口哨声,仿佛她在对着一个空瓶子吹气。这个声音并不好听,雷梦拉却很喜欢,于是一次又一次地重复着。

"嘘,雷梦拉,"比苏斯冲她低声说道,"你打扰到墨菲了!"

"是的,"亨利同意道,因为他也不希望看到天才受到打扰,"你最好别出声。"

然而雷梦拉还是继续吹着口哨。

一边替斯库特送着报纸,一边时不时地来围观墨菲组装索沃的进展,亨利觉得时间过得飞快。终于,到了斯库特可以重新接手他的送报路线的那一天了。这一天,重新成为好朋友的亨利和斯库特一起来到了卡珀先生的车库。"对了,卡珀先生,"亨利说,他在心里对于自己顺利地完成了替斯库特送报纸的任务感到非常满意,"我可以接手恰克的那条送报路线了,是吗?"

卡珀先生脸上露出了一个同情的表情——他是如此同情,以至于亨利不由得默默做好了迎接一个巨大失望的准备。"那个……是这样的,亨利,"卡珀先生抱歉地说,"恐怕不行。"

"你……你的意思是说我不能接管那条路线

了?"亨利结结巴巴地问,希望是自己理解错了卡珀先生的意思。

"我很抱歉,亨利。"卡珀先生回答。

亨利又气又失望地盯着卡珀先生。虽然卡珀先生之前并没有做出什么承诺,但是亨利一直相信自己这一次是可以拿到一条属于自己的送报路线的。

"怎么会这样啊,卡珀先生?"斯库特替他抗议道。

看到斯库特为自己挺身而出,亨利感觉受到了鼓舞,毕竟斯库特以前可都是喜欢怼他的。"我……我还以为您需要有人来接替恰克呢。"亨利小心翼翼地说。

"我的确需要,"卡珀先生回答,"但是另外一个街区的经理给我打电话说,有个送报的男生想从他那个街区转到我们街区来。"

"噢。"亨利沮丧地说。所以这就是这条送报

路线会被别的男生抢走的原因,并不是因为亨利做错了什么。不过,亨利依然感觉非常尴尬。这条路线由别人来接手,每个知道他有多么想要一条送报路线的人都会觉得这事十分可笑,而且每个人都会认为是卡珀先生不想把这条送报路线留给亨利。

尤其让亨利感到尴尬的是,其他那些送报纸的小伙伴都看到了他出丑的一幕。如果他能早点儿单独跟卡珀先生谈谈就好了。想到这里,亨利气鼓鼓地朝着斯库特装报纸的帆布包踢了一脚。

就在这时,一个可怕的猜想突然从亨利的脑子里面蹦了出来。"对了,卡珀先生,您能不能告诉我那个新来的送报男生的名字呢?"他问。

"让我想想,"卡珀先生皱着眉头思考了一会儿,"好像是叫布莱恩——不,好像又不对。"

"是不是叫拜伦·墨菲?"亨利脱口而出。

"是的,没错,就是这个名字,"卡珀先生确定地说。

"原来那个人是墨菲,"亨利愤恨地想,"我还主动提出要帮他去找他组装机器人需要的水管呢——他可真是一个'好朋友'啊!"

"你认识这个人吗?"卡珀先生问道。

"算是吧。"亨利喃喃地说。现在,墨菲得到了那条送报路线,而亨利没有,对此他无计可施,这件事本身就足够让亨利想要避开那个新来的男生了。这个结果并不是因为亨利做错了什么,只是因

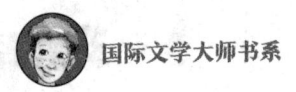国际文学大师书系

为墨菲有过送报纸的经验,而且还有一个区域经理为他说话。当然会是这样了,亨利心想,一个天才可以做任何他想做的事情。

从那之后,亨利就在心里默默希望墨菲从来没有搬来他们这个街区。这个天才,亨利恨恨地想着。墨菲既是天才,又有自己的送报路线,这似乎一点儿都不公平。每天下午,当墨菲送完了自己的报纸以后,亨利都会看见他肩上挎着空荡荡的《日报》帆布包从克利基塔特大街上骑着自行车经过,老虎也气喘吁吁地跟在后面,这幅景象只会让亨利更加难过。有一天,他骑车经过墨菲家的时候忍不住大喊了一声:"我希望你的烂机器人一点儿都不好使!"这句话没有人听见,但是亨利在释放了自己的情绪之后的确感觉好多了。

一天,亨利从游泳馆游完泳回来的路上,在转过比苏斯家附近的路口时,看见雷梦拉手里抱着一

大摞《日报》，正沿着人行道蹦蹦跳跳地往前走，而墨菲却不见踪影。

这倒是蛮有趣的嘛，亨利心想。

"嘿！"墨菲这时突然从拐角处出现，一边骑着自行车，一边冲着雷梦拉喊道，"把我的报纸还给我！"

雷梦拉沿着街道往前跑了起来，而墨菲则在后面紧紧地追赶她。

真是世事难料啊，亨利心想，他停下来，坐在自行车上，一只脚踩在人行道上，开始观察这个有趣的场景。

当墨菲终于追上雷梦拉以后，他从自行车上跳了下来，冲她吼道："你把我的报纸还给我！"

"不还！"雷梦拉大声回答，"我要去送报纸，我是一个送报女孩！"

墨菲一把抓住了那些报纸，然而雷梦拉就是不肯松手，还尖叫了起来。围观的人站在自家窗前看着，还有人打开房门走出来看到底发生了什么。

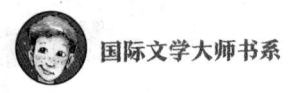 国际文学大师书系

这时,老虎也跟上来了,但是它只是躺在了人行道上,看起来非常累的样子。

亨利把自行车又骑近了一点儿,以便更好地去观看这场争斗。墨菲和一个戴着镜框的四岁小女孩缠斗在一起,还引发了邻居们的围观,亨利看得出来墨菲尴尬不已。这时的他看起来的确有点儿傻——一点儿都不像一个天才。

终于,墨菲从雷梦拉手中把报纸抢了过来。雷梦拉当然不肯善罢甘休,一屁股坐在人行道上又踢又叫。"你把我的报纸还给我!"她大声叫道。

"这不是你的报纸!"墨菲说,他的脸和耳朵已经因为尴尬而涨得通红。亨利几乎都有点儿同情他了,因为他知道雷梦拉有多难缠和惹人讨厌。这一次,墨菲没有大吼大叫,因为他还想在邻居面前尽量维持自己的体面。

当雷梦拉挥着拳头开始往人行道上砸的时候,亨利终于忍不住笑了起来。他能看得出来,雷梦拉正在努力憋大招,而对她的大招还不熟悉的墨菲此

刻只希望自己身在一百万英里①之外。

  这时，比苏斯从街角跑了过来。"雷梦拉·昆比！"她板着脸说，"你知道你不应该乱跑的！现在就从地上给我起来！"

  雷梦拉的反应正如亨利所预料的那样：一边尖

---

① 英里：英美制长度单位，1 英里合 1.6093 千米。

叫一边在水泥地上踢着自己的鞋子。"我很抱歉，墨菲，"比苏斯道歉说，"我不知道她是怎么跑出来的。"

墨菲看上去有一点儿被吓到了，仿佛他才是这一幕闹剧的始作俑者。然后，他缩着肩膀，仿佛希望自己能够隐形一样，带着报纸骑上自行车走了。比苏斯则抓住了她妹妹的手，想要把她从地上拉起来。然而此时的雷梦拉就像一个没有骨头的布娃娃一样浑身无力。比苏斯只好把手放在雷梦拉的手臂下，开始把她往回拽。原本瘫在地上的老虎此时也站了起来，开始跟在墨菲的自行车后面晃晃悠悠地跑。

两个女孩走远了，亨利也不用再跟墨菲打招呼，他骑车追上了比苏斯。"嗨！"亨利跟比苏斯打招呼说，无视雷梦拉的号叫，"你需要帮忙吗？"

"我不知道有什么人可以帮到我，"比苏斯说，雷梦拉停止了哭喊，转而听他们在说些什么，

"雷梦拉就是坚持说要送报纸。"

"我是个送报女孩,"雷梦拉说,"我一定要送报纸。"

"你别说话。"比苏斯打断她。

"她倒是给了墨菲一个好看。"亨利说,努力不让她们看出来自己刚才围观得有多开心。

比苏斯叹了口气,说:"雷梦拉玩起角色扮演来有多疯狂你是知道的。"

"我知道。"亨利回答。他想起来自己曾经因为废纸回收大赛而跟雷梦拉生出的纠缠,就是她想假扮成猴子那回。嗯,那好吧,亨利心想,墨菲会想出一个办法来对付雷梦拉的。墨菲可以应对任何事情,对于一个天才来说这简直轻而易举。

接下来的几天时间对亨利来说相当难过。就像平常一样,他仍然会跟小闹闹和小排骨一起玩,会去游泳馆游泳,但是还是隐约感到哪里不对劲。不知为何,亨利似乎对任何事情都提不起兴趣了。如

果他像墨菲那样聪明的话,说不定亨利还可以发明一个机器人让自己有点儿事做,但是问题就在于他并没有墨菲那么聪明。

一天下午,亨利正要把自行车停进车库的时候,他惊讶地看见墨菲正骑着车向着他家的车道靠近,而墨菲的肩膀上还背着空荡荡的《日报》帆布包。他想要干吗?亨利在心里想,但他谨慎地决定让墨菲先开口说话。

墨菲并没有绕弯子:"你可以接管那条送报路线。"

亨利简直惊讶得说不出话。

墨菲看上去非常、极其不自在,他重复道:"我说了,你可以接管那条送报路线。"

"你的意思是说你不想要它了吗?"亨利难以置信地问道。

"是的,"墨菲回答,老虎这时也追上了他,随即气喘吁吁地躺在了旁边的车道上。

"为什么啊？"亨利问，一个已经拿到了一条送报路线的男生居然又不要它了，这简直匪夷所思。

"因为雷梦拉。"墨菲回答。

"雷梦拉！"亨利难以置信地叫了起来，"可她只是一个小屁孩啊！"一个天才被一个四岁的小女孩打败了！如果亨利此刻不是因为惊讶得说不出话来的话，他简直要大笑一下。

"我知道，"墨菲沮丧地说，"但是她真的太会惹麻烦了。"

亨利装作在检查自行车链条，并未回应他。的确，他想要那条送报路线，并且他已经想了好几周。不论雷梦拉曾经给墨菲惹来了多少麻烦，亨利都不会让一个四岁的小屁孩阻碍他去送报。阻碍他做出回应的并不是因为他想到了雷梦拉，而是因为他想到了卡珀先生。亨利并不确定这位区域经理会不会让他接管这条路线。

亨利低下头看着车道,墨菲多半是猜到了他此刻在想什么。"卡珀先生也同意了。"说完,他犹豫了一下,才又接着说,"我问过他了,他说他很乐意让你接管这条路线。"

这条送报路线是我的了,卡珀先生同意了。

墨菲看上去沮丧极了,不过他继续说道:"当我知道你也想接管这条送报路线的时候,我就不应该接过它,但我还是这么做了。我爸爸说我原来的那条送报路线离家太远了,而我又需要钱去采购索沃的零件。我爸爸觉得我组装索沃纯属浪费时间,所以我才不得不自己去赚它的零件钱,所以……反正,我就是必须接过这条送报路线。不过,我现在已经惹出了这么多麻烦,也许我本来就会失去送报路线。我不想要了。送这趟报纸需要我花费好多时间来做准备,我都快没时间去组装索沃了……"墨菲的声音低了下去,然后透过厚厚的眼镜忧伤地看着亨利。

亨利突然发现自己替墨菲感到难过，不论他是否愿意。有一个认为组装机器人是浪费时间的父亲一定不好过，而戴着眼镜玩球也玩不好，甚至，墨菲都没有一条像小排骨那样听话的好狗，他有的只是老虎……这时，亨利终于意识到了墨菲刚才说的话——那条送报路线真的属于他了。"当然没问题，墨菲，"亨利终于从嘴里挤出了这几个字，"我可以接管那条路线。"

"太棒了。"墨菲肉眼可见地松了一口气。他从肩膀上把《日报》的帆布包取了下来，又从裤子口袋里掏出路线图，把它们都交给了亨利。然后，他又热切地开口了，仿佛他想弥补自己之前做过的事。"在我想到别的方法去赚钱采购零件之前，我要把索沃的组装工作暂停一阵子了。如果你还想搭建你之前提到的那条私人电话线的话，大部分的材料我都有，甚至我们都不需要去图书馆里查资料，因为我已经知道怎么搭建了。"

"真的吗？！"亨利叫了起来，"天哪，那简

直太好了!"看来,有一个天才邻居还是一件蛮好的事情。

"也许我们可以从周六开始,"墨菲离开时说,"平时的话,放学以后光送报就够你忙的了。"

"没错,送报纸会占用我很多的时间,"亨利同意道,"那么再见了,我们周六见。"说完,亨利仍然沉浸在突如其来的好运当中,在停车道上呆站了好久。他终于有自己的送报路线了,并且这全靠雷梦拉!但是,不知为何,亨利仍然有点儿难以相信。虽然送报用的帆布包和路线图都在他的手里,但是这突如其来的好运仍然让亨利觉得不像真的。

第二天在学校,为了让自己相信这条送报路线真的属于自己了,亨利每逮到一个机会都会跟别人提起这件事。好不容易挨到放学了,他更是直奔卡珀先生的车库,他非常享受在那里和另外几个送报男孩一起叠报纸的过程。就算是一袋沉甸甸的报纸压得他肩膀疼,亨利也还是觉得很享受。毕竟,这条送报路线真的属于他了。

不过，亨利还没有走多远，就看见了一个身影，他停住了脚步：雷梦拉正坐在路边，脚伸进排水沟里，两手叠放在大腿上。她脸上没戴那副眼镜架，周围也不见比苏斯的踪影。"你好啊，雷梦拉。"亨利跟她打了个招呼。从某种意义上来说，他能得到这条送报路线还要感谢雷梦拉呢。

"你好，亨利。"雷梦拉矜持地说。

真不知道墨菲为什么这么烦她，亨利在心里对自己说，然后继续往前去送报纸了。雷梦拉则仍然像一个乖巧的小女孩那样坐在路边。她不过是想看看热闹罢了，亨利心想，同时觉得自己既成熟又有商务范儿。雷梦拉没有戴她那副眼镜架，说不定她已经完全忘记自己想假扮送报女孩这回事了。一想到墨菲被这个乖乖地坐在路边的小女孩威慑到放弃这条路线，亨利就忍不住笑了出来。

 国际文学大师书系

亨利欢快地来到了下一条街,然而当他开始往两边投掷报纸的时候,亨利开始有了一种不好的感觉,仿佛哪里有什么不对劲。雷梦拉刚才表现得太乖了,乖到不自然。她一定是在搞什么鬼。

为了保险起见,亨利掉了个头,朝着刚才遇见雷梦拉的那条街骑了过去。果不其然,雷梦拉正沿着人行道上蹿下跳,手里抱着一大摞亨利刚才投送的报纸,而她把那些报纸随意乱扔,扔到任何一个她想扔的地方。

这捣蛋的雷梦拉,我早就该知道!亨利心想。"嘿,你给我住手!"他愤怒地冲着雷梦拉喊道。

这时,雷梦拉刚刚把一份报纸扔到一户人家的草坪上,当然不是它应该抵达的人家。亨利立刻朝她追了上去。追上雷梦拉后,亨利跳下自行车,任由它倒在街边,然后一把抓住了雷梦拉抱在胸前的报纸。"你把报纸还给我。"亨利狠狠地说。

"不给！"雷梦拉尖叫着说，"我要自己去送报！"

亨利已经知道接下来会发生什么了。就在不久以前，他曾经在墨菲家附近见到过，只不过当时的他觉得那一幕很好笑。说起来，比苏斯去哪儿了？说不定她知道应该怎么办。亨利强行从雷梦拉手里把报纸抢了过来，正如他所预料的那样，雷梦拉立刻躺到人行道上。上次就是从这里开始的，亨利不无怨愤地想。

雷梦拉尖叫着两手抓住亨利的脚踝不放。亨利摇晃着腿想要摆脱她，但是根本摆脱不了。

"比苏斯！"亨利用尽力气大喊，"比苏斯，快来呀！"这时，周围的邻居从窗户往他们这边看了过来。亨利感觉自己蠢极了，站在原地大声呼唤一个女生过来救他，一点儿商务精英范儿都没有。本来亨利出门的时候故意把小排骨留在了家里，以防它走在路上跟别的狗打架，但是听见了亨利的呼声之后，小排骨一路跑过来了。

国际文学大师书系

比苏斯从她家里跑了出来。"雷梦拉·格拉尔黛恩·昆比!"她看上去已经相当愤怒了,"你怎么又跑出来了!妈妈说过你一定要待在家里的!"小排骨也疯狂地叫了起来。

"可我是一个送报女孩。"雷梦拉坚持道。

"你可以帮忙让她松开我的脚踝吗?"亨利说。谁曾想,有一天他竟然会当着全街区邻居的面被一个四岁的小女孩抱着腿!亨利突然有点儿同情墨菲。

这时,小排骨咬住了雷梦拉的背带裤,随后传来了衣服撕裂的声音。雷梦拉尖叫了起来。

"小排骨,别闹!"亨利命令说。说不定,现在有人会认为小排骨是一只袭击雷梦拉的恶犬,而那样的印象会惹来多少麻烦谁都说不准。

比苏斯掰开了雷梦拉扣在亨利脚踝上的手指,然后开始把她妹妹往家里拽。

"别叫了,小排骨!"亨利对他的狗说,"没事的,她刚才没有伤到我。"

十一岁之后

"我很抱歉,亨利,"比苏斯透过她妹妹的哭嚎声对亨利道歉说,"我简直不知道怎么办才好。雷梦拉,别叫了!我妈妈说了,雷梦拉在报纸送完之前要一直待在家里的,但是她总有办法偷着跑出去。"

"我们必须得做点儿什么了,"亨利焦急地说,"我总不能被人投诉报纸没有送到吧,那样的话我就不能继续送报了。你就不能想点儿办法吗?"

"我试过了,"比苏斯回答,"问题是,越不想让她做什么,她就越发想做什么。妈妈说她就是

要反着来。"

"没错,我知道,"亨利看着雷梦拉,郁闷地说,而雷梦拉此时停止了哭叫,转而饶有兴趣地听着亨利和她姐姐之间的对话。看到雷梦拉对于自己成为别人注意的焦点感到非常满意的样子,亨利突然感到怒不可遏。她以为她是谁啊?她才没有那么重要!她不过是一个还在上幼儿园、喜欢玩沙子的小屁孩而已。仅此而已!她才不足以给亨利惹出什么麻烦,毕竟亨利已经十一岁了,而她才只有四岁。如果说亨利不能想出什么办法来阻止她妨碍自己的话,那只能说明亨利不是特别聪明。也许亨利算不上是个天才,但是他仍然比一个四岁的小女孩要聪明。如果雷梦拉继续这样捣蛋下去的话,亨利也会和墨菲一样遇到很多麻烦,除非亨利做点儿什么,否则她肯定会继续的。而亨利完全不希望自己有一天会走到卡珀先生跟前对他说,因为一个还在上幼儿园的小屁孩,他不能再继续送报了。绝对不会!

亨利盯着雷梦拉,脑子飞快地转动着。他要

做的是智取,但是如何智取呢?以前雷梦拉假装自己是一只猴子,亨利就做到了。现在他必须再来一遍。也许亨利可以去找一些旧报纸叠起来让她去送?不,不行。邻居们会把旧报纸捡起来看,然后以为是亨利送错了。看起来,亨利必须得让雷梦拉打消继续扮演送报女孩的念头。那么……到底应该怎么做呢?突然,一道灵光从亨利脑中闪过,他想到了一个点子,但是要实现这个点子需要时间……

亨利看了看表。当天的报纸需要在六点以前送到,而这意味着他还有差不多半个小时的时间试试看这个点子灵不灵。亨利需要一个纸盒子、一些电线、一把剪刀和一点儿红色的油漆——不,他妈妈的口红应该更方便——以及其他一些东西。

"比苏斯,你看好雷梦拉,"亨利指挥道,"我过半个小时就回来。不论发生了什么,都不要让她跑了。"

雷梦拉看上去非常好奇,仿佛等不及想知道接下来会发生什么。

国际文学大师书系

"亨利,你打算干吗啊?"比苏斯冲着亨利身后喊道。

"你待会儿就知道了,"亨利神秘兮兮地回答,"小排骨,快跟上来!"

亨利蹬上自行车,用最快的速度骑回了家,一到家就行动起来。为了赶在送报时限之前实现他的想法,亨利必须抓紧时间。随着他手上的动作,一些碎纸屑和透明胶带的碎片掉落在了地上,但是亨利都顾不上把它们捡起来。他的时间不多了。终于,在最后一刻,亨利的作品完成了。

他在一个用硬纸壳做的帽盒子上倒插了一根铁丝衣架,他还在盒子的一侧剪了几个孔,当作眼镜和嘴巴。最后,亨利还用口红把这几个孔都涂了一圈,因为雷梦拉说她喜欢红色的眼睛。亨利把这个帽盒子戴在了头上,然后照了照镜子。看着还不错,亨利心想,非常不错。真的挺吓人的。虽然它的确是粗糙了点儿,但是一个会拿跳绳当作猴子尾巴的小女孩应该没那么挑剔。

"天哪,亨利!"就在亨利从客厅往门外冲的时候,哈金斯太太惊叫了起来,"你吓到我了!"

亨利没有停下来,而是用最快的速度踩着自行车朝比苏斯和雷梦拉家骑去。当他赶到的时候,比苏斯和雷梦拉都在门口的台阶上等着他了。

"亨利!"当比苏斯看到亨利头上戴着的盒子面具,她也叫了起来,"你这是在为万圣节做准备吗?"

"不是,"亨利把盒子从头上取了下来,递给了雷梦拉!"你想不想当一个索沃那样的机器人?"他问道,然后屏住了呼吸,等着看雷梦拉对他的提议做何反应。

雷梦拉露出了一个灿烂的笑容,世界上没有比假扮别人更让她开心的事了。

亨利松了一口气,然后把那个盒子面具戴在了她的头上。"现在你要记住,"他告诫雷梦拉说,"一个机器人是走不了多快的,并且每走一步都要费老鼻子劲儿了。"亨利故意这么说是为了防止雷梦拉想出一个什么机器人会送报纸之类的点子。

"咔！咔！"雷梦拉一边回答一边迈着机械的步伐从楼梯上走了下去。

"还有，机器人是不能弯腰的，因为机器人都没有腰。"亨利补充说。

"咔！"雷梦拉回答。

这时，亨利和比苏斯交换了个眼神，两人都如释重负。他的送报路线安全了！亨利看得出来，比苏斯被他这个点子给折服了。能想到这个点子，真聪明！亨利不无骄傲地想。也许他不是一个墨菲那样的天才，但是他也不笨。从某种意义上来说，他甚至比墨菲还更聪明一点儿。对于自己可能比一个天才更聪明这一点，此刻的亨利感到非常高兴。

"这真是一个好主意啊，亨利，"比苏斯听起来对亨利是真的心存感激，"现在要追上她可就容易多了。"

亨利笑了。"嗯，那我先走了，"说着他骑上了自行车，"我得继续去送报纸了。"我的送报路线，亨利真想把这几个字冲着全世界大喊出来，

十一岁之后

好让所有人都听到。他终于做着自己一直想做的事——一件有意义的事。不仅如此,到了这个周六的时候,他还会和墨菲一起搭建属于他们自己的私人电话线路。那个聪明的墨菲!他搬来这个街区真是一件好事呢。亨利发现,生活里突然充满了好多有趣的事情可做。他骑着自行车从一堆落叶上穿过,就是为了听它们被车轮碾过时的噼啪声。

"咔!咔!"雷梦拉在他身后冲他喊道。

"咔!咔!"亨利回答。